东写西读

跨太平洋诗话

黄运特——著

Transpacific Poetry

中国出版集团 东方出版中心

图书在版编目（CIP）数据

东写西读：跨太平洋诗话 / 黄运特著. — 上海：
东方出版中心, 2023.6

（香江书系 / 陈建华主编）

ISBN 978 - 7 - 5473 - 2195 - 9

Ⅰ. ①东… Ⅱ. ①黄… Ⅲ. ①诗歌研究—中国—当代
Ⅳ. ①I207.22

中国国家版本馆 CIP 数据核字(2023)第 096294 号

东写西读：跨太平洋诗话

著　　者　黄运特
策　　划　刘佩英
责任编辑　周心怡　冯　媛
装帧设计　钟　颖

出 版 人　陈义望
出版发行　东方出版中心
地　　址　上海市仙霞路 345 号
邮政编码　200336
电　　话　021 - 62417400
印 刷 者　山东韵杰文化科技有限公司

开　　本　890mm×1240mm　1/32
印　　张　7.25
字　　数　136 千字
版　　次　2024 年 1 月第 1 版
印　　次　2024 年 1 月第 1 次印刷
定　　价　69.00 元

总　序

陈建华

　　2002 年至 2013 年我在香港科技大学人文学部任教，这在我生命中留下了弥足珍贵的印迹。十二年时间不算长，也不算短。记忆像一沓老照片，许多印象久经岁月浸泡而模糊起来，有关香港的碎片仍色调浓艳。幼时有几部港片到上海，如《绝代佳人》和《新寡》，其女主角夏梦倾动一时，听我父母与隔壁阿姨爷叔谈起，比起周璇不知要好上多少倍，那种惊艳倾慕的情态难以描摹。那时我在上小学，该看的电影《鸡毛信》《董存瑞》等都看过，轮不上看港片，因此最初闪现在我记忆里的香港是一种声音、一个名字。现在想起夏梦，脑中便浮现她的银幕丽影，这些形象都是到了香港之后接收与储存的。

　　20 世纪 90 年代我在大洋彼岸的美洲大陆，其间时不时与香港发生关联，可说是种下了情缘。先是在加利福尼亚大学洛杉矶分校参加了李欧梵先生主持的中国现代文学的讨论班，开始读到张爱玲的作品，大受震动。小说里有几篇是讲香港故事的，她说是透过上海人的眼光来写的。我好似受了优待，读起来更觉亲和。其实她笔下的香港景物，像山坡上的豪宅或大学校舍、浅水湾的酒店，跟我的上海弄堂环境落落寡合，而她的稠软而富于嚼劲的语言，把我带回了家。她说她喜欢"雾苏"这个沪语，令我想起母亲，她说我"雾苏"，是责备我龌龊邋遢的意思，但因为张爱玲喜欢，就仿佛点石成金，把我过去不快的记忆也变得甜蜜起来。

后来在哈佛大学，我的导师李欧梵是十足的"张迷"，又对香港情有独钟。在讲中国现当代文学与文化的公共课上，他以电影作教材，这在哈佛大学是首创；第一部就是香港电影《刀马旦》，后来还有《胭脂扣》。他在费正清东亚研究中心建立了中国文化研究的工作坊，请来了不少香港学者，如郑树森、陈国球等，我也开始认识他们。那时李先生在兴致勃勃地撰写《上海摩登》，书中由张爱玲的小说激发了他的现代性想象，提出上海—香港"双城记"，展望这两座亚洲大都会在新世纪中的"世界主义"风采。曾几何时，我也不知不觉在这"双城记"中扮演了一个角色。

回想我的香港岁月，说不尽光风霁月、赏心乐事，但大部分时间和心力花在了教育与学术方面。这里就最近二十年来香港的大学文科、学术机制与中国文学研究的发展谈点个人的感想与反思。

1997 年香港回归后恰逢全球化经济浪潮，香港的发展速度前所未有。或许可举地铁与大学为例，作个简单的比较。20 世纪初以来港铁系统共有东铁线、港岛线、观塘线、荃湾线、东涌线五条线路，而自 2002 年至 2016 年新增了将军澳线、西铁线、屯马线、迪士尼线、南港岛线五条线路，还不计在原来线路上延长或派生的短线。与过去百年相比，港铁的发展速度可谓惊人。

从大学系统看，最早的是成立于 1911 年的香港大学，历经半个世纪，方才于 1963 年有了香港中文大学，直至 1991 年有了香港科技大学。此后如雨后春笋，截至 2020 年 1 月，逐次增加了岭南大学、香港浸会大学、香港理工大学、香港城市大学、香港教育大学、香港公开大学、香港树仁大学和香港恒生大学，共有十一所法定的大学，这些学校大多为研究型综合性大学。数量不算多，近二十年来呈加速扩张趋势，那种力争上游的劲头令人瞩目。如树仁大学原先是树仁学院，恒生大学原先是恒生商学院，均属于私立学校。前几年这两校努力完善各项指标，先后向政府提出申请，经审核升格为"大学"。另外一个新势头是这些大学纷纷在深圳、珠海、广州等地设立了分校。

香港的大学体量有限，能量不小，顺应全球化潮流而追求国际化是一个共同特点。富于象征意义的是如果打开各校官网，就可以看到无不显示自己在"泰晤士高等教育世界大学""QS 世界大学"或"U. S. News 世界大学"排名榜上的位置。

很长一段时间里，港大作为香港唯一的大学，只用英语上课，至中大成立，宣称以中文为主教学，含有与港大对着干之意。科大是后出，以美式教育为主，采用多元开放的方针。科大要求用英语讲中国文学史，有人不以为然，觉得可笑。我在研究生班讲中国文学史，用的是普通话。同样有广东籍老师，也可用粤语上课。后来校方改革课程，加强英语授课，研究生写论文一律用英语，有的粤语课也不能开了。改革的理由是：培养人才应具世界眼光，应以海外市场为目标，要改变人才单向输入的局面。想想也没错，豪言壮语令人动容。

凡事不止一个面。科大人文学院分科不分系，分语言、历史、哲学、文学和人类学等学科，教师均为在美国获得学位或曾在美国大学执教的，且几乎清一色华人。学术上主要与美国的中国研究接轨，却具明显的本土姿态。教文学的有五六位，皆重视理论并从事跨学科研究，且强调各自的中国文学研究专长，同时在学术研究方面鼓励用双语写作。记得我入职科大不久，在《二十一世纪》杂志上发了一篇文章，院长丁邦新嘱秘书从杂志上复印下来，放在我的信箱里。可见学术研究尊重自主选择，如在北美研究分析哲学已经寥寥无几，而在科大仍有一席之地。

只有五六个人专治文学，算一个小组吧，不消说不能跟港大、中大比，如果跟浸会或岭南的文学院比，也小得像麻雀。尽管如此，却五脏俱全，细碎而琳琅满目，学生写硕博论文在选题上十分自由，有的研究晚清"诗界革命"与南洋诗派，有的研究宋代"元祐"诗风，有的研究叶浅予漫画，有的研究鸳鸯蝴蝶派的《红玫瑰》杂志，简直是海阔天空，我也甘做"百搭"，乐收教学相长之果。

由于包容与开放，因此传统与新潮并行不悖，现代与后现代的缝接之处时时可见。其实香港的传统文化深有根底，如中大的中文教育与国学研究历史悠久，也是"新儒家"的重镇。但文学院有"文化及宗教研究系"，从"新批评"、法兰克福批判理论到"后现代"，一应俱全，相当西化、前卫，因此形成明显反差。李欧梵老师在那里授课，倡导跨文化研究，可谓一枝独秀。另如岭南大学有一百多年历史，是教学型大学，以"博雅"冠名，专注人文社会科学，曾被《福布斯》杂志评为"亚洲十大顶尖博雅大学"之一。另如浸会大学的文科也很强，文学院有饶宗颐国学院，由我的朋友陈致教授主持，令人赞叹不已。像这样的各种名目的文科机构在各校都有，如珠宝闪烁。

就中国文学研究方面说，最近看到一篇文章，讲 1949 年至 1979 年香港的中国现代文学研究，在史料整理与作家作品研究、文学史书写与鲁迅研究等方面都非常繁荣，并产生国际影响（李城希：《香港中国现代文学研究三十年，1949—1979》，载《文史哲》2020 年第 3 期）。抗战之后至 20 世纪 50 年代，许多文人从上海来到香港，如戴望舒、叶灵凤、姚克、曹聚仁、徐讦、宋淇、刘以鬯、张爱玲等，打造了"双城记"的一段文坛传奇。当然不限于现代文学的研究，在古代文学研究方面也非常繁荣；也不限于 1979 年，尤其在新世纪都呈现加速发展的态势。

在香港从事中国文学教学与研究的绝大多数是华人，有的是"海归"，有的来自内地高校。每所大学都有中国文学的教学与研究，无论古代、现代，还是诗文、小说和戏曲，皆为专家耕耘的园地，犹如一张中国文学地图，在世界的中国文学的学术共同体中传播、流动与延伸。的确，在香港有关中国文学的学术活动频繁而多样，通过访问交流、国际会议和讲座等形式，尤其与内地学者保持密切的互动，在共同绘制这张地图。

还须提到香港大学教育的另一特点，即管治机制十分理性，规章制度的设置很细致。为了提升大学的国际竞争力，教育局不断改进管理手段，客观上起到了推进教育全球化的作用。大约在 2010

年前后，大学教育资助委员会对于科研项目的年度申请改变了以往优先资助几个重点大学的做法，放开让八所公立大学公平竞争。项目申请成功率影响到大学之间的实力评估，科大明显受到压力，于是想方设法加强项目申请环节，动员每个教师递交申请。另一环节是科研成果申报，各大学先后列出各地学术期刊的名单，国际上的如 SSCI 和 A&HCI 有章可循，主要是对大陆和港台地区的学术期刊排名，用以评估教员的学术成就。项目申请和科研成果都通过网上填表，表格愈趋精细，使人非常头疼。从某种观点看这些量化的做法与人文精神背道而驰，虽然引起质疑，但成为趋势，后来大陆有了 CSSCI，台湾也有了 THCI 和 TSSCI。

香港的大学图书馆联网系统对科研提供的服务是一流的。特别是馆际互借制度，如果需要的书本校没有，网上填一下，三两天就会送过来，不用掏一个铜板。如果借书逾期不还，电脑自动给你累计罚款，教授和学生一视同仁。有一回我假期满返校，几本书罚了两百多元。小我在嘀咕，大我说该罚，罚得应该，因为这个制度实在好。

那时我的朋友钱锁桥在城大，有一段时间我们走得近。我们谈起在香港教书做研究有得天独厚之处，如和东南亚近在咫尺，学术交流至为方便；用双语写作和发表，游刃于中西世界。虽然制度繁琐，竞争激烈，然而事在人为，如果安排得当，得项目资助而生产论文，届时结项又成书，照这么做事半功倍，岂不善哉。大约是他的林语堂研究获得大额资助，或许是那晚喝高了，我们说应该创造一个香港学派。过了几天提起此事，他说忘了，我也说没说过，于是哈哈一笑了之。

　　我认识刘佩英女士多年，一向佩服她的眼光与魄力。她告诉我她在策划一套"香江书系"，其"香江哲学"系列已经启动，此为"香江文学"系列，旨在为香港学人提供一个学术交流的平台，借以展示他们对中国文学的精彩想象与演绎，与读者分享探索的艰辛与欢快。我忝为主编，仅略叙我的香港记忆，对这套丛书由衷表达美好的愿景。

　　　　　　　2021 年 6 月 29 日于上海兴国大厦寓所

序　言

20 世纪 90 年代初，我大学毕业，出国留学，寄寓海外，迄今已近三十载。此间四处奔波，风餐露宿，虽不敢自称尝尽人世之苦，但也算屡经挫折，其中酸甜苦辣，非几页稿纸、酒过数巡，即能言尽说绝。常言道，文人自傲。但是，自傲的文人往往没有经历过异域飘零，文化绝缘，在陌生的土壤里重新生根发芽，或重起炉灶之艰难。有过这样遭遇的同路人，如前辈李欧梵先生，曾经说他自己生活在文化的边缘，可谓边缘者。一位学术泰斗，自贬为边缘者，个中缘由，发人深省。

其实，边缘者并非局外人。容我打一个比方，亦属切身体会：中外文化之异同，宛若一条大河两岸的风光，边缘者不是那些稳坐近水楼台，指点江山的文人雅士，而是被卷入水中，抑或随波逐流，抑或逆水而行的游泳者。无论如何，夹杂在世界文化的洪流之中，我们这些履水者都只是沧海一粟，浪花之沫。但是千百年来，滴水穿石，河流如天工巧匠，悄然改变了两岸的地貌风景。这就是离岸而去的边缘者，在故土和异域文化之间若即若离的自我定位。

这也是我多年来学术思想的出发点：比较诗学不是静态的比较，隔岸观火；而是动态的关注，在身临其境、无法自拔的状态下，体察文学的交流和冲撞对世界的改造。我强调"体察"，而不用"观察"或"研究"等比较客观化的词语，是因为作为学者，我的研究对象和论述观点，尤其是这本书里所呈现的，大多来自实践。

本书题为《东写西读：跨太平洋诗话》，是对我长期以来的学术重点和写作兴趣最精确的概括。我在 2002 年出版第一部英文学术著作《跨太平洋位移：20 世纪美国文学中的种族志、翻译和文本间旅行》（*Transpacific Displacement: Ethnography, Translation, and Intertextual Travel in Twentieth-Century American Literature*），学界认为是开了跨太平洋文学（transpacific literature）研究之先河，在美国文学史上第一次把"跨太平洋"的概念提升到与影响深远的"跨大西洋"（transatlantic）一说相对等的地位，从而填补了美国文学思想上的一个空白。那本书以民族志、翻译和文本旅游三个概念为切入点，重新解读了美国意象派诗歌的东方主义，探讨了亚裔美国文学的误区，分析了国外对中国当代诗歌的误读。在此基础上，我描述了文化意义如何借助文学和翻译进行跨太平洋迁移，诗歌、小说、传奇以及其他类型的文学作品或母题如何越过文化、语言的疆界，在处处无家处处家的情景中，脱胎换骨，异地扎根。

继而在 2008 年，我又出版了一部英文著作《跨太平洋想象》（*Transpacific Imaginations*），再次挖掘跨太平洋作为一个文学概念和思维模式的深刻含义。从赫尔曼·梅尔维尔（Herman Melville）的《白鲸》到梁启超的《新大陆游记》，从马克·吐温（Mark Twain）的《夏威夷来信》到美籍日裔诗人劳森·稻田房雄

（Lawson Fusao Inada）对二战集中营的回忆，我追述了跨太平洋文学和历史想象中的一条"反诗歌"的逆流传统。在现代派跨文化挪用（cross-cultural appropriation）的野心与后现代主义对历史的否认之间，我提出我们需要立足于一个伦理的中间地带，我称之为"承认诗学"（poetics of acknowledgement），借助承认而非知识，承认他者的存在地位，承认我们知识体系中所存在的缺陷。只有这样，我们才能把跨太平洋想象推向一个新模式，朝着共同体责任与星球想象迈进。

　　除了这些学术专著，近年来我还撰写了两部颇受欢迎的非虚构文学作品：《陈查理传奇》（Charlie Chan）和《连体一生》（Inseparable）。这两部侧重文化历史的文学作品，乍看跟我的学术研究似乎没有多大瓜葛，但其实是相辅相成的。《陈查理传奇》描述了以一位华人神探为代表的中国人形象对 20 世纪美国文化的冲击，而《连体一生》则侧重于亚裔形象对 19 世纪美国文化的影响。这两本书的写作准则，都是借用新历史主义所推崇的"文化诗学"（cultural poetics）的概念。熟悉新历史主义研究方法的读者都知道，所谓的"文化诗学"，用斯蒂芬·格林布拉特（Stephen Greenblatt）的定义，就是"对独特文化实践的集体创造的研究，以及对这些实践之间的相互关系的考察"。以格林布拉特为代表的新历史主义者，可以通过一颗土豆，洞察 16 世纪英国社会的各个层面，深入分析伊丽莎白时代的英国经济、政治、历史、文化、阶级关系，等等。这种如变戏法的研究方式，其实是借助于诗学的力量。在这些学者手中，一颗土豆就像一个诗歌意象，而意象，用庞德的话说，就是一个"透明的细节"，一个水晶球，能让人洞悉过去、现在和未来。在那两部非虚构文学著作里，我就是企图透过一个神探的传奇和两个连体人的非凡经历，来揭示美国历史文化之奥秘。因此，在我看来，比较诗学早已扩展到文化和历史的范畴，比较诗学也是跨文化诗学。

回顾自己在英文写作上走过的漫长、曲折的道路，遵循以上所述的学术思想宗旨，我在此特意为国内中文读者撰写、整理了自己创作的十几篇文章。这些文章，看似长短不一、参差不齐，或许不像一部条理缜密的学术专著，但是，本人一贯偏爱"形散神不散"的艺术风格，这些文章，无论是解析庞德的中国梦，还是捕捉在中英文之间游荡的诗意，或者是探讨中国文学如何走出去，始终围绕着"跨太平洋"以及中外文学的交流互动，聚焦于比较诗学和跨文化诗学。希望国内读者、同仁能借此了解一下"跨太平洋"的思维走向，以及比较诗学的理论和实践。书中定有许多不足之处，还望专家、读者批评指正。

黄运特

2023 年 8 月于香港黄金海岸

目　录

第一章

中国耳语：
游荡在中英文之间的诗意

几个世纪以来，举世闻名的《马可·波罗游记》享有无数粉丝，但也有不少质疑者。尤其是一些治学严谨的历史学家，他们中间有一位曾用这样的话讥笑那著名的威尼斯商人："他的游记听起来像是从波斯语翻译过来的中国耳语。"① 对于这些质疑者来说，马可·波罗露马脚的地方并不仅仅是他忘了提及长城和中国人酷爱饮茶的习俗，最主要的是他的文字很怪：许多中国地名、人名，马可·波罗采用的都是波斯语、土耳其语，或阿拉伯语的发音或拼法，而不是汉语。他们认为这说明马可·波罗是个骗子，他压根没去过中国，而他所谓的游记只是从道听途说中采集发挥而成的。换言之，那本游记是"中国耳语"。

　　在英文里，Chinese Whisper（中国耳语）指的是一个又称"传声筒"的小孩游戏：游戏者排成一队，队尾的人在紧挨着他的同伴的耳边悄悄说一句话，同伴把这句话用同样的方式传给另一个紧挨着他的人，依次下去，直到这句话传到队伍最前面的人，这人把他听到的话大声说出来。假如这个游戏玩得成功，由于误听误传，游戏开始时的那句话跟最后的那句话往往大相径庭，牛头不对马嘴。正如美国诗人约翰·阿什贝利（John Ashbery）在一首题为《中国

---

① Frances Wood, *Did Marco Polo Go to China?* (Boulder, CO: Westview Press, 1996), 63.

耳语》的诗里写道："最后，谣言变得比事实更神奇。"

我对中国耳语感兴趣，是因为我经常在中英文两种诗歌语言之间游荡，听到很多回声，似乎一种语言背后有另一种语言在低声细语，或体验到视觉的幻象，字中有字。这种言外之意、声外之音的效果，我想用自己的一首英文打油诗来解释。下面是诗的头几段：

For MIA, Made in America

—A Song of Love That Goes Nowhere

> I want to
>
> bask in your basket
>
> toil in your toilet
>
> ski on you skin
>
> nap in your napkin
>
> chat in your chateau
>
> pace in your space
>
>
> I want to be
>
> the loon in your pantaloon
>
> the brass on your brassiere
>
> and linger on your lingerie
>
>
> I am big on bigamy

but tiny under scrutiny①

　　这诗标题里的 MIA 是一个女孩的名字，但也是英文 Made in America（美国制造）的藏头缩写，所以这乍一看像情诗，但也有可能是以毒攻毒地戏谑传统情诗。诗的副标题是"A Song of Love That Goes Nowhere"（一首没有前途的情歌），一语双关就更明显了：可能爱没有希望，也可能这首情歌本身没有前途。在英文和其他字母文字里，anagram（回文）是一个普遍的现象，如把 god（上帝）的字母次序打乱，就变成 dog（狗），一会儿是上帝，一会儿是狗。再如 lemon（柠檬）可以变成 melon（瓜），等等。严格地讲，我在"For MIA"这首诗里采用的不是回文，而是 paragram（字谜），回文需要把一个词的所有字母打乱，全部用上，组成另一个词，而字谜只需利用一个词的一部分字母。

　　字谜在当代语言学和诗歌哲学上很重要。索绪尔（Ferdinand de Saussure）在早年为现代语言学做奠基工作时，对这些诸如回文、字谜的语言现象并不重视，认为它们都是少数例外，不值得研究。可是，晚年的索绪尔却对这些文字中的秘密着迷了。他去世时留下 99 本笔记，直到 20 世纪 60 年代才被人整理发表。从笔记中可以看出，这位西方语言学之父，对字谜研究若痴若狂、苦恼万分，因为它们推翻了他早年奠定的语言学理论。譬如，索绪尔发现在古希腊文本里一个重要领袖的名字"Pilippum"在诗行间以各种各样

① Yunte Huang, *CRIBS*（Honolulu, HI: Tinfish Press, 2005）, 15–16.

的方式、组合、谐音反复出现。他将这种现象称为"hypogram"
（核心语），也叫 theme-word（主题词）。再后来，索绪尔把回文和
字谜称为"anaphony"（回音），意思是声音听起来像回音一样。当
索绪尔承认并定义"anaphony"的时候，就等于自掘坟墓，因为他
意识到这是对自己提出的两个语言学基本定义的否定：一是语言的
任意性，二是语言的单向性，这跟"回文"和"回音"都是矛盾
的。索绪尔在笔记里写道，"Duplication, repetition, and appearance
of the same in the form of the other"，意思是说相同的字母按照不同
的组合方式变成不同的单词。这在后来精神分析学里是个很重要的概
念。同样的东西以不同的形式出现，这就是拉康说的"anagrammatic
complex"（回文情结）。①

　　索绪尔到此很头痛，在笔记本里抱怨，"This is a Chinese game"
（这是一个中国游戏），他也称之为"Chinese puzzle"（中国难题）。
为什么这样说呢？为什么每当西方理性思维陷入困境，或文字出现异
常现象时，人们往往用"中国"来比喻呢？如中国耳语、中国游戏、
中国难题，等等。这里"中国"并非猎奇的代名词，而是跟中国的
象形文字有关，而这特征一直在西方字母文字的潜意识里作怪。

　　在 20 世纪，西方介绍和宣扬中国文字影响之大者，莫过于欧
内斯特·费诺罗萨（Ernest Fenollosa），他的基本观点就是汉字的
非任意性："Chinese notation is something much more than arbitrary

---

① Jean Starobinski, *Words upon Words: the Anagrams of Ferdinand de Saussure*,
trans. Olivia Emmet（New Haven：Yale University Press, 1979）, 50.

symbols. It is based upon a vivid shorthand picture of the operations of nature."（汉字的表记远非任意的符号，它的基础是记录自然运动的一种生动的速记图画。）在字母文字里，诗歌往往被看成时间的艺术，费诺罗萨用托马斯·格雷（Thomas Gray）的名句来当例子：The curfew tolls the knell of parting day（晚钟敲响了离去的白昼之丧钟），诗行里的一系列爆破音 /k/ /t/ /p/ /d/，以及 toll 和 knell 造成余音绕梁的音响效果。而中国诗歌艺术何在呢？费诺罗萨用这样一个普通句子来阐明：人见马。人两条腿，見是目字下面两条腿，馬字有四条腿，这个句子是动的。苏俄著名电影艺术家谢尔盖·爱森斯坦（Sergei Eisenstein）看到费诺罗萨这个例子时，就曾说这是电影里的蒙太奇。在费诺罗萨看来，中国诗歌的独特长处就在于把时间和视觉艺术结合在一起，"它既有绘画的生动性，又有声音的运动性"。它具有灵活、可塑的特点，"as plastic as thought itself"（像思维本身一样变化多端）。跟索绪尔的语言任意性与单向性不同，汉字、ideogram（形意文字）、字谜和回文，促成了一种非线性的阅读（translinear reading），从多角度、多方向阅读。跟汉字一样，paragram 和 anagram 其实是视觉上的押韵（visual rhymes）。电影也是一种视觉押韵，依靠短期记忆。或者说，这是一种译码（transcoding），声音和图像相互翻译，造成符号渗透（semiotic saturation），既有声音图像化，又有图像韵律化。到此，我们可以回到上文，鄙人的打油诗其实是在英文里怀念汉字诗歌的奥秘，在英文里看到中文，听到"中国耳语"。

法国理论家让·雅克·勒塞克勒（Jean-Jacques Lecercle）有一

个关于语言中"剩余"（remainder）现象的理论，他认为语言学往往把那些看似不相关、非理性的成分排斥在理论之外，最典型的例子就是索绪尔语言学①。而索绪尔后来着迷回文和字谜则说明语言的功用无法摆脱"剩余"成分的缠绕，像语言自己做的噩梦，或潜意识。我的打油诗，在某种意义上讲，是用回文的方式探索语言的自恋情结（auto-eroticism），自己跟自己玩，颠来倒去，所以副标题里说的"goes nowhere"，走不了。

就像现代英文诗在汉字那里找到灵感，诗歌语言的出路常常来自语言外部，来自语言之间的翻译、游荡、跨语境想象。举个简单的例子，汉字"洋"，左边是水，右边是羊，《说文解字》里讲得很清楚，"从水羊声"，即右边的羊只表声，不表意，跟羊这动物无关。但是，巴西当代著名的具象派诗人哈罗多·德·坎波斯（Haroldo de Campos）则是这样解释这个汉字，"a flock of sheep in motion reminds one of the rolling of white-capped waves of the open sea"，他联想到海洋上的浪花过来像一群绵羊。② 这样的解释，乍一看像是瞎扯，曲意误解，中国耳语。但从诗歌的角度，这样的解释并非没有价值，而且这种利用"剩余"的方式对跨文化诗歌的发展具有深远的意义。譬如，北岛有一首诗叫《剧作家》：

① Jean-Jacques Lecercle, *The Violence of Language* (London：Routledge, 1990), 61.

② Haroldo de Campos, *Novas: Selected Writings*, ed. Antonio Sergio Bessa and Odile Cisneros (Evanston, IL：Northwestern University Press, 2007), 310.

月亮产后虚弱的早晨

一把椅子在月台上站稳

火车无声地出发

拉锁一般展开那秘密的风景

琴声震落了漫天大雪

火光从马厩探头

指示牌被逐个唤醒

岔道分开了黑夜与白昼

终点：一个预订的房间

他打开阳台双重身份的门

把烟雾介绍给晴空

大雨淋湿了那些稻草人①

　　不管北岛在这首诗里讲的是什么，从结构上看，诗的前面提到月亮，中间岔道分开了黑夜与白昼，然后出现太阳。有意思的是，这首诗里还有一个不经意的秘密，可以说是语言的潜意识，或"剩余"：诗的前面提到月台，后面提到阳台，也是从月亮到太阳的过渡。译成英文，假如有人把月台译成 moonstage，把阳台译成 sunstage，人家当然会笑话你。但是，正常的翻译把月台和阳台译

─────────────

① Bei Dao，*Form of Distance*，trans. David Hinton（New York：New Directions，1994），22.

成 platform 和 balcony，则会导致诗歌很大一部分奥秘流失无遗。这里月台和阳台属于勒塞克勒讲的剩余，费诺罗萨说的汉字奇特魅力，或常人所谓的中国耳语。

费诺罗萨后来在日本信了佛教，而佛教讲"空"，强调"动"，就是说万物皆空，唯变是常。费诺罗萨说："Relations are more real and more important than the things which they relate."（关系比相关之物本身更真实、更重要。）即每个字本身是空的，只有相互作用才产生意义。从 god 变成 dog，lemon 变成 melon，回文和字谜体现了文字本身的空虚和不可靠性，同时体现了符号互动之后的丰富多彩。本雅明认为回文是对语言符号的解放，让符号去表达另外的意思，像月台变成 moonstage，阳台变成 sunstage。而这种解放必须跨过语境，经过翻译的洗礼，才能实现。这就是拉康说的 polyphony of poetry（诗歌的多音化）。进一步讲，一个、两个东西是空的，没有一个是真的，但它们之间的联系，像爱的纽带，是真实的。拉康说，语言的功能不在 inform（告知），即不是像发信号一样传递信息，而是去刺激，去寻找回声、响应。费诺罗萨说："In reading Chinese, we do not seem to be juggling mental counters, but to be watching things work out their own fate."（读中文时，我们不像在掷弄精神筹码，而是在观看事物展现自己的命运。）事物的命运掌握在彼此之间的关系里，就像一句话在传声筒游戏里，到最后变成什么模样，并不要紧，关键是在不断传递的过程中，言外之意，声外之音，充分体现了中国耳语的诗歌魅力。

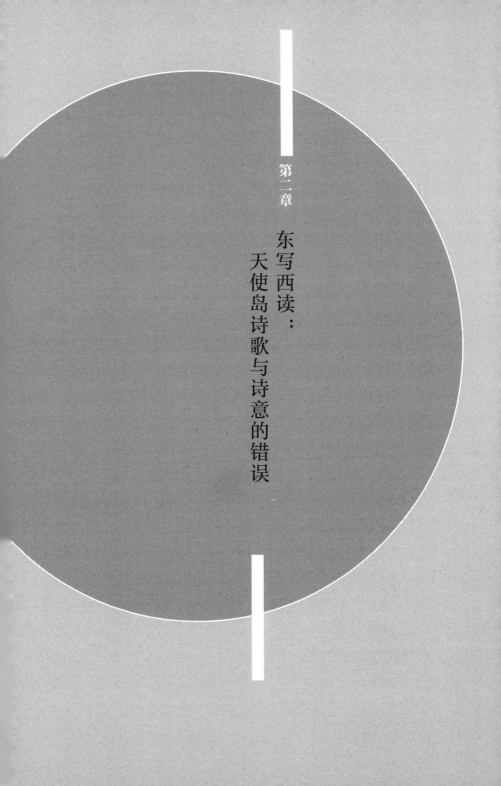

第二章

东写西读：
天使岛诗歌与诗意的错误

那些非洲黑人被从非洲西海岸运到新大陆，在这段可怕的"中间航道"中死里逃生，但是他们并非只身而来。虽然暴力、极端的手段使他们被迫离开自己的文明，他们却把自己文化中富有意义的、无法磨灭的部分带到了西半球，并且，以坚强的意志抵制遗忘：他们的音乐，他们的神话，他们表达的机构体制，他们形而上的秩序体系，他们的表演形式……在文化接触和随之而来的差异构成的阈界般的十字街头……非洲与非裔美洲相遇。

——亨利·路易斯·盖茨，《意指的猴子：一个非裔美国文学批评理论》

（Henry Louis Gates, Jr., *The Signifying Monkey: A Theory of African-American Literary Criticism*）

在译文中……可以找到另一个空间里已经失踪了的属于差别的历史……充满了依然沉淀在历史下面的语言和人的运动，它们等待在我们的想象里变成真实的虚拟。

——加亚特里·斯皮瓦克，《一门学科之死》

（Gayatri C. Spivak, *Death of A Discipline*）

关于美国旧金山海湾天使岛诗歌的发现，有一段故事：

天使岛上的华人关押所是一座两层楼的木制建筑。它坐落在小山上，俯视着旧金山海湾。在荒废了二十余年之后，政府决定拆除它。1970 年，公园管理员亚历山大·维斯在内墙上发现汉字，他觉得这是当年关押在这里等待审讯的中国移民留下的。维斯向上级汇报了情况，但是上级似乎并不热情，也不相信墙上的书法有什么价值。维斯联系了旧金山州立大学的乔治·荒木博士，荒木携同旧金山的摄影师麦·高桥一起去天使岛，他们给每一寸有文字的墙面都拍了照片，这些文字大多是诗歌。他们的发现很快引起了当地亚裔美国人社区的注意，他们开始为保存该建筑进行游说。

1976 年，州议会拨款 250 000 美元用于保存该建筑。①

由此，135 首以上的题诗得以保存。但是准确的数目却很难说得清。有很多诗歌因为字迹无法辨识而没法抄写，还有一些墙头诗，由于其起始和结尾之处很难判断，抄录者意见分歧。实际上文本不稳定性正是这一重要的文学体裁——中国旅行写作——所固有的特征，在这种体裁里，历史与写作始终纠缠在一起。

我在原本叫作"旅行写作"（travel writing）的专有名词前面加上限定语"中国"，是为了强调中国文学传统的独特性。中国历史学的特殊政治决定了中国的旅行日志与历史写作的紧张关系。在整

---

① Him Mark Lai, Genny Lim, and Judy Yung, eds. and trans., *Island: Poetry and History of Chinese Immigrants on Angel Island*, 1910 - 1940 (Seattle: University of Washington Press, 1991), 9 - 10 (此后均简写为 *Island*).

个帝制时代，历史写作是由朝廷控制的。只有朝廷委派的史官才有
权写作和出版"历史"。私自编纂历史书籍的非官方历史学家经常
会遭受牢狱之苦或者其他形式的体罚。于是，对于那些想写历史却
被禁止的作家，旅行写作为他们提供了一个重要的发声渠道。这些
作家游历之处，不论是旧址、遗迹、纪念碑还是自然休闲之地，往
往是承载着历史记忆的。作家触景生情，他们的所思本质上是历史
评论，却要伪装成平常的旅行观察笔记。比如，唐代著名诗人杜牧
的一首七言绝句（公元 803—约 852 年）：

过 华 清 宫

长安回望绣成堆，

山顶千门次第开。

一骑红尘妃子笑，

无人知是荔枝来。

华清宫是唐明皇和宠妃杨玉环的著名娱乐场所。君王对这位致
命红颜的宠爱差点使皇权倾覆。在叛军的压力下，唐明皇不得不下
令赐死杨贵妃。他曾经差人修建一条臭名昭著的荔枝快线（今日联
邦快递的中国古代版），从中国南方城市广州延伸到北方首都长安，
专为贵妃运送南方特产荔枝。这首诗毫无疑问是诗人对帝王荒淫
腐败生活的严厉批评，本质上则是对往昔统治的历史点评。但是
诗人却让批评蜷缩在诗文当中，并且用《过华清宫》这个标题加
以伪装，冲淡批评的严厉性，给人平常、偶然的感受。"过"字

轻描淡写，仿佛这是一首偶然为之的诗篇，是在文类上与历史写作相隔甚远的游记小品。但是在一个历史写作严格受控的氛围下，游记给作家带来的是一个可以指点历史的工具。理查德·斯特拉斯伯格（Richard E. Strassberg）在研究中国旅行写作时说，"当旅行者戴上历史学家的叙事面具时，他是在利用一种强大的文学权威"①。强大的力量来自历史固有的权威性，以及历史点评伪装成游记的事实：历史以游记的装扮"过"关。

天使岛诗歌中再现了历史和游记的这般撩人的关系。诗歌的作者是面对屈辱审问的关押者，不用说，他们的诗歌在文化空间里占据着最边缘的位置。三十载默默无闻，濒临拆除之际才重见天日，这足以显示这些诗歌的边缘性和脆弱性。但是，正如旅行写作虽然在中国文学正典中位居边缘却能发挥另类历史的颠覆功能，天使岛诗歌展现了无权者的坚韧，他们利用写作的力量，将自己织进历史的纹理，或者，将纹理撕裂。要理解这种坚韧，把这些诗歌看作旅行写作还不够，我们有必要让它们回到旅行写作的子类别——题壁诗当中。

题壁诗是中国文学史上诗歌创作和传播的一种重要形式。题壁诗字面意思是"题写在墙壁上的诗歌"，但实际上地点并不限于墙壁，写在悬崖、巨石、门扉、窗户、木椽，甚至写在雪地上的都可算入这种体裁。在行人歇脚的客栈和路边的亭子里，甚至有专为诗

---

① Richard E. Strassberg, *Inscribed Landscapes: Travel Writing from Imperial China* (Berkeley：University of California Press, 1994), 11.

兴大发的旅客备用的"题诗板"①。

关押中国移民的木屋墙壁上不曾设有"题诗板"，但是这个现代关押所不但激起了与古代路边驿站相似的强烈的流离转徙之感，并且激发出诗人们同样浓郁的诗兴。囚禁在木屋里的人用刀子凿出文字，再用毛笔上色，使它们清晰可见。很多诗歌有意识地自称题壁诗：

壁上题诗过百篇，

看来皆是叹迍邅。（*Island* 62‐63）

或者

壁墙题咏万万千，

书皆怨语及愁言。（*Island* 66‐67）

所有的诗歌都是写给其他被关押者看的，他们身临创作现场，又共同经历监禁、挫败和羞辱：

---

① 罗宗涛：《唐人题壁诗初探》，《中华文史论丛》1991 年第 47 卷，第 153—183 页。亦参见 Judith T. Zeitline, "Disappearing Verses: Writing on Walls and Anxieties of Loss." in Judith T. Zeitline and Lydia H. Liu, eds., *Writing and Materiality in China: Essays in Honor of Patrick Henan* (Cambridge: Harvard University Press, 2003), 73‐132。

満腹苦衷聊代表，

留为纪念励同魂。（*Island* 121 - 122）

或者

梓里一看宜谨记，

写我狂言留后知。（*Island* 163）

这些题壁诗通过邀请读者关注题写方式（在墙上），和目标读者融入一种物质的关系，对抄录和阅读的政治性提出质疑。

《埃仑诗集：以诗歌记录天使岛移民监狱中的华人故事，1910—1940 年》（*Island: Poetry and History of Chinese Immigrants on Angel Island, 1910 - 1940*）第一次完整地收录了这些诗歌。此书的主编说，这些诗歌"表达了创作个体的所思"，这当然是毫无疑问的。比如，下面是诗集中的第一首，无名诗人因拘禁而生的挫败感和失望溢于言表：

水景如苔千里曲，

陆路无涯路步难。

平风到埠心如是，

安乐谁知住木楼。（*Island* 34 - 35）

而另一首诗则用质朴、清晰的语言表达了作者的哀愁：

四壁虫唧唧，

居人多叹息。

思及家中事，

不觉泪沾滴。(*Island* 54–55)

对英语读者来说，这些诗歌译成英文之后阅读起来全无难度。如果用非政治化的美学术语来讲，这些就是黄秀玲（Sau-Ling C. Wong）说的"淳朴直接"的诗歌，它们的意义只源于内容。[①] 但我们可以争论，透明易懂是一种假象，是编者不顾原诗歌的题写方式造成的。在"译者序"中，编者/译者阐明了他们认为主题内容胜过物质形式的观点：

> （在我们的翻译中）形式经常让位于内容，出于历史原因，我们认为应该优先翻译内容。我们并不保证遵照原诗作者的韵律和节奏。我们觉得，若是模仿原诗的结构，便可能对诗歌的意义造成不公。(*Island* 31)

这里说的"历史原因"是什么，"诗歌的意义"又是什么？他们所说的历史原因很可能是指在历史上先例严重不足的情况下出版

---

① Sau-ling C. Wong, "The Politics and Poetics of Folksong Reading: Literary Portrayals of Life under Exclusion." in Sucheng Chan, ed., *Entry Denied: Exclusion and the Chinese Community in America, 1882–1943* (Philadelphia: Temple University Press, 1991), 253.

一部种族作品的政治急迫性。这些诗歌毫无疑问是"历史"的记录，而且是重要的记录。但是，把内容凌驾于形式之上，编者似乎是忘了作为题壁诗的这些诗歌的形式对正典历史叙事造成的威胁：这样的铭写抗拒诠释对它们的控制。

我们可以举下面这首诗作例子：

> 元月动程赴墨洲，
> 船位阻延到中秋。
> 一心指望频登埠，
> 年关将及在此楼。（*Island* 167）

这首诗除了简单地叙述诗人久被耽搁的行程，还说了些什么呢？它的意义是什么呢？编者把这首放在诗集的"附录"里，大概是因为这首诗没有讲出什么有意义的内容；它表达了某种程度的失意，但是强度不如其他诗歌。这里我们或许可以借用一下吉尔·德勒兹（Gilles Deleuze）和费利克斯·瓜塔里（Felix Guattari）的"小文学"（minor literature）的概念，即他们认为，在少数族写作中，语言不再是"再现性质的"，它的文学和政治效应主要来自语言的物质性和模糊性，而不是语义的透明度。① 但是我们要审慎地运用这个法国理论。三好将夫（Masao Miyoshi）提醒大家，"体

---

① Gilles Deleuze and Felix Guattari, *Kafka: Toward a Minor Literature*, trans. Dana Polan（Minneapolis：University of Minnesota Press, 1986），23.

裁，和大多数事物一样，是因历史和地理而异的"①。

通过展示天使岛诗歌与中国文学传统的渊源关系，我希望强调在做跨民族文学研究中找到文化实践的暂时性源头的重要性，以及三好将夫所说的识别"形式的土生面孔和血统"的必要性。换言之，要更好地观察天使岛诗歌所处的阈界般的文化十字路口，我们不能只知道中国人移民美国的事实，还要知道与这些诗歌起源相关的中国文学传统，供我们在解读诗歌时参照。我在"源头"前加上了"暂时性"几个字，因为这样的起源的确是临时性的：这些诗歌最终跨越、骚乱了源头的边界，走出了民族主义的历史框架。现在就让我暂时停留在中国诗学的范围内，解释一下我们应该怎样来阅读这首看似言之无物的诗。

我们的问题就在这个"言"字上面。这个简单的词汇包含从道教的"道不可言"到海德格尔的"道说"（Sagen）和"诗"（Dichtung）等含义，限于篇幅，这里不可能一一罗列。这里，我们只讨论"诗言志"，它是中国对诗歌的最早定义，至今依然是中国传统文论中的关键概念。在英文中，它有不同的翻译方法，"诗歌表达的是思想"，或者"诗歌表达的是人性"等。它提倡的是与西方传统中的"模仿—再现"说相对的一种"表现—情感"说。《毛诗大序》中说，"诗者，志之所之也。在心为志，发言为诗"。乍听起来，它与华兹华斯（William Wordsworth）所说的"诗是强

---

① Masao Miyoshi, *Off Center: Power and Culture Relations between Japan and the United States* (Cambridge：Harvard University Press, 1991), 28.

烈情感的自然流露"非常相似，但是中国诗歌理念所立足的哲学传统与西方浪漫主义所依据、却又想摆脱的哲学传统有显著的区别。关键的差别在于中国一元论和西方二元论世界观的对立：中国人相信世界的原理即"道""在这个世界上是无所不在的，不存在任何超越肉体生命的、凌驾其上、与之不同的超感官的世界"，而西方传统认为，外在现象与内在、超验的本质之间是二元对立的。

如果你觉得这样看待哲学分歧实在是太粗放和简单化了——无可否认确有此弊——由此造成的诗歌观念上的分歧则显得具体一些："poem"（诗）的词根来自希腊文 poiêma 和 poein（制造），意味着诗歌是制造之物，这里存在内部和外部的区分；中文"诗"表达的却不是物，而是作者本人。宇文所安（Stephen Owen）指出，"诗言志"很可能是同义反复。"诗"（詩）由"言"和"寺"组成；如果我们根据伪词源学（pseudo-etymology）或者同音假借字，把"寺"看成"志"，那么这个中文句子就只是在内部重复自己而已，并没有给诗歌任何真实的定义，如同在希腊文里也是同义反复："诗（'制造'）就是制造之物。"① 据此，我们可以把"诗言志"解释为"诗言"，并且对结尾的不及物动词加以强调，就像海德格尔在哲学诠释学中强调"道说"（saying）一样。这种强调突出的不是诗歌再现了外界的什么，而是言说行为本身。这又把我们带回到前面讨论过的那首貌似言之无物的天使岛诗歌。

---

① Stephen Owen, *Readings in Chinese Literary Thought* (Cambridge：Harvard University Press，1992)，27.

无名诗人给我们留下的是一首似乎空洞无物的短诗，这个事实的背后还有一个更重要的事实：他在墙上写了一首诗，想要表达一些感情，留下了踪迹。这并不是将文学变成社会学〔借用美国喜剧演员宋飞（Jerry Seinfeld）的话，"不是说这样做有什么不对"〕，而是说明文学要想发挥社会功能，铭写方式的选择是一个重要的因素。在那样的背景之下，囚犯在拘留中心的四壁之上题写诗句，他不需多言，因为这行为本身就足够产生历史效应。这样说，听起来可能有点奇怪。但是，作为题壁诗，这首诗给我们呈上的是边缘化的历史写作形式，它挑战我们，让我们不得不面对字符空间的物质属性。如果说文学史上名篇之所以能够存在，明里暗里依靠的概念是经过抽象的、可以无限传播的文本，题壁诗则要质疑这种概念。它们更多地依靠物理踪迹产生效应，而不是踪迹以外的生命。它们吸引我们关注言说行为，而并非只是言说的内容。因为这一特征，它们与另外一种经常被视为犯罪行为、抵抗政治/主题约束的写作形式——涂鸦——结成亲密联盟。

当被视为破坏行为，涂鸦写作就是一种犯罪。它们破坏墙面，蓄意触犯财产权。"它们吸引人们关注自己，"迪克·赫伯迪格（Dick Hebdige）写道，"它们既表现出无能，也表现出一种能力——毁坏的能力。"① 所以，用苏珊·斯图尔特（Susan Stewart）的话来说，涂鸦展现的是"一种与身体无法分离的风格塑造，带着

———————————

① Dick Hebdige, *Subculture: The Meaning of Style*（London：Routledge，1979），3.

厚重的'狂野'，它甚至会超越语言所指，单纯地被用来当作一个个体存在的明证，依靠给环境贴上个人标签而占为己有"①。但是，当涂鸦变成艺术，它就加入了商品的行列，失去了文化抵抗的标志功能。那些所谓的标签（tag），曾经给警方提供线索，帮助他们追踪和镇压屡教不改的破坏狂，现在却是商品的真品标志。题壁诗的收集、编辑和汇集成册也经历了类似的个人化和去个人化、合法化和去合法化的过程。正典诗人的诗歌多次被抄写、保存，无名作者的诗歌则遭遇忽略、擦除。所以，题壁诗正典化也是商品化的过程，它改变了与"写在墙上"相联系的文本经济的实质，重新安置题写的字迹，将它们从"乱涂乱画"的破坏现场迁移到生产劳动领域。

如上所述，因为公园管理员的上级认为墙面的文字是毫无意义的涂鸦，天使岛的诗歌差点毁于一旦（这里我来提醒大家，公园维护工作内容包括擦除公共空间里未经授权的涂写，以及在原地树立起告示，如"墙面禁止写字"等自相矛盾的警示）。转录和出版诗歌集不可避免地要复制合法化和去合法化过程。而这是刻在这里的原始文字曾经用它们叛逆的模糊性以及乱涂乱画的形式加以质疑的，它们不是可以复原主题和思想的、可以再生产的诗歌。它们的能量和效应来自形式而并非内容，来自它们模棱两可的位置：它们抑或是众人皆骂的破坏行为，抑或是需要被保存的历史档案。这个含混不清的位置正是人们在早期转录、翻译、出版这些诗歌的过程

---

① Susan Stewart, *Crimes of Writing: Problems in the Containment of Representation* (New York: Oxford University Press, 1991), 212.

中忽略掉的。

　　似乎是要与这含混不清相互应和，天使岛诗歌采用了非标准化的语言，表现为错别字、短语误用、病句、因翻译不当而混入口语词汇和生造词汇、张冠李戴的引用等。用米哈伊尔·巴赫金（Mikhail Bakhtin）的话来说，这是"众语喧哗"（heteroglossia）。虽然巴赫金将这个术语专用于小说，但实际上，众语喧哗亦经常见诸各种狂欢体裁，比如民间叙事、涂鸦和题壁诗。

　　在出版的诗集里，天使岛诗歌的转录者和编者不辞劳苦，尽心"订正"那些有损文本的不标准用法。他们给中文诗歌添加的注释中含有大量的内容"勘误"，用来指出经过他们"订正"的原文中的讹误。在下面这首《木屋铭》中，编者指出一个"事实错误"：

楼不在高，有窗则明；

岛不在远，烟至埃仑。

嗟此木屋，阻我行程。

四壁油漆绿，周围草色青。

喧哗多乡里，守夜有巡丁。

可以施运动，孔方兄。

有孩子之乱耳，无咕哗之劳形。

南望医生房，西瞭陆军营。

作者云："何乐之有？"

编者在注释里写道："此处作者似乎混淆了方向。长条形营房的布局大致顺着东西走向。住在里面的人从建筑北墙上的窗户可以眺望北面的医院，向东可以望见麦克道尔堡的建筑。南面的窗户朝向山坡，所以南边什么建筑都看不见。"（*Island* 70）

编者指出了这首诗是在模仿唐代著名诗人刘禹锡（公元 772—842 年）的作品《陋室铭》。比较这两首中文诗歌，大家可以看出，这首天使岛诗歌紧跟刘禹锡的千古绝唱，复制了它的部分关键词以及韵律：明/名、青、丁、形、有。编者认为方向有误的第八行实际上照抄了刘禹锡诗里的方向词：南、西。我在前文提过，中国旅行写作有一个重要特征，边缘化的、未经授权的作者通过写作可以将自己糅进历史的纹理。刘禹锡的诗是中国古代经典的代表之作，无名的天使岛诗人亦步亦趋地模仿它，显然是想借用刘禹锡诗的名气。这种互文引用传递了文本的效应和权威，相较之下，诗人眼中见到的什么建筑在什么位置，诸如此类的事实大概就没有那么重要了吧。

不过，换一种眼光来看，这些看似无关紧要的事实对被拘人员来说，却是生活中的大事。错误诗学是他们每天要体验和上演的危险大戏。大家知道，他们大多数人之所以被拘留，是因为 1882 年美国颁布的《排华法案》严格禁止中国劳工合法移民，只有作为美国公民亲眷和其他几个类别的华人才符合移民条件。被拘人员中很多是所谓的"证件儿子"（paper sons）——他们自称是在美国出生的美籍华人的后代。据历史学家研究，证件儿子最早出现于 1880 年代，中国商人把假儿子带到美国。1890 年代，根据美国宪法第十四条修正案的规定，在美国出生的人以及他们的海外子女都可以成为美国公民。于是中国南方农村制作出复杂精密的证件儿子配额体系，每年输送大批中国人去美国申请公民权。为了遏止这种趋势，移民官在面试中国申请者时都要问到家族历史、亲属关系、村庄生活，还有其他他们认为是申请者和证人共有的知识。天使岛上的被拘人员都要走过这个程序，他们会照例被盘问一堆与法律无关的细枝末节，请看如下一段审讯记录：

问：你们那一排，也就是第一排，有几幢房子？

答：三幢。有一幢已经推倒了。

问：哪一幢？

答：第三幢，就是那一排最后一幢。

问：你们那排第二幢住着谁？

答：马新易。

问：他做什么工作？

答：他死了。

问：他什么时候死的？

答：我小时候他就死了。

问：他还有家人吗？

答：有，他有两个儿子。他老婆也死了。

问：她什么时候死的？

答：我不记得了。她好早就死了。

问：儿子叫什么？

答：马国有、马国兴。我不知道国有的年纪。国兴不止十岁了。

　　问：老大结婚了吗？

　　答：没有。

　　问：家里谁照顾他们？

　　答：大哥去了暹罗。小弟现在昆益村干活。

　　问：现在屋子里有人住吗？

　　答：没有，房子是空的。

　　问：那一排就你们家有人住着？

　　答：是。

　　问：第二排第一幢住着谁？

　　答：马光奇。①

　　来自同一个村落的申请人都会被问到相同的问题，他们的回答必须一致，否则所有人都会被拒绝入境。这些提问的内容，就是克利福德·格尔茨（Clifford Geertz）所说的"地方性知识"（local knowledge），它使我们联想起《木屋铭》那首诗：什么建筑在什么方向？

　　大多数申请者跨洋来美时都贴身带着"辅导笔记"，这是他们需要死记硬背的。移民官的问题如此具体、荒诞和不相干，不用说证件儿子，就算身份"真实"的申请者有时也会觉得晕头转向。所

---

① Madeline Yuan-yin Hsu, *Dreaming of Gold*, *Dreaming of Home: Transnationalism and Migration between the United States and China*, 1882 – 1943（Stanford：Stanford University Press, 2000）, 75.

以，不论真假，凡是有意移民的人都少不了需要依靠这些关于当地生活详情的辅导笔记。这样一来，错误就不出在事实上，而是产生在表演上，要看他们是否把辅导笔记背会了，是否把文字知识都掌握了。面对错误，天使岛上的所有被拘者每天的日子都如履薄冰。

"不知道母鹿没有角，"亚里士多德说，"与把它画得毫无艺术感相比，不算大事。"亚里士多德认为，与经验错误相比，艺术价值才是评价艺术品的标准。① 《诗学》（*Poetics*）告诉我们，因为这个标准，诗歌有了价值，诗人有了合法的社会地位，才不会被驱逐出柏拉图的理想国。但是涂鸦在商品化和机构化之前是不算艺术品的。相反，如斯图尔特所言，涂鸦"是对所有艺术文物地位的批判，确实是对所有私有化消费的批判，它的威胁性有目共睹，反反复复，使得大众无处着眼，左顾右盼而无处安放眼光"②。于是，天使岛诗歌中所谓的错误向我们提出一个问题，我们该把左顾右盼的诠释的目光投向哪儿方才稳妥？假若存在这样一个地方的话。把这些诗看作历史档案，或者看作效应来自内容的文学文本，实际上是否剥夺了它们独特的历史存在方式？

在天使岛诗歌走向正典的过程中，这些重要的问题却被彻底回避了。比如，在收入《希思美国文学选集》（*Heath Anthology of American Literature*）时，这些诗歌仅以英文译文的形式登场。不用

---

① Aristotle, *Poetics*, trans. S. H. Butcher（New York：Hill and Wang，1961），XXV. 5.

② Susan Stewart, *Crimes of Writing*: *Problems in the Containment of Representation*（New York：Oxford University Press，1991），228.

说，在单语版本中错误诗学已经不存在；经过翻译的诗歌读起来干净利索，符合英文诗歌平行横列的标准，在注释的帮助下简单易懂。它们已经变成了最终产品，等待"私有化消费"，尽管涂鸦的初衷是要破坏这种诠释行为。不知不觉中，翻译变成了一道过滤程序，无异于天使岛上的体检和审讯程序，被拘留人员经过这些程序被分流成可入境、不许入境。在这两个程序之间我们看到了诡异的相似。反讽是深刻的，而错误则明白无误。

（张洁 译）

第三章

作为新历史主义者的庞德：
论全球化时代的诗歌与诗学

我试图在这些研究中去重新命名所见事物，这些事物已经被掩埋了真实品质，消失在大多欠妥且混乱的舶来标签堆里。我在信札、期刊、报道中认出了旧词新用后的新事物轮廓。于是，当我找到值得关注的东西时，涓涓词句便被复制到书中以保存其品位。不论身在何处，我都试图从原始记录中分离出某一实在特质中的独到风味、某种由特别力量塑造出的直接外形……我的愿望是从任一对象中提取出一种东西，一种生命中神奇的磷火，它因被错误命名而一直默默无闻。

——威廉·卡罗斯·威廉斯，《美国性情》
(William Carlos Williams, *In the American Grain*)

我的题记不是一种自我指涉，尽管这样做亦无不妥。其中的重要暗喻"生命中神奇的磷火"，后来被凯瑟琳·盖拉格（Catherine Gallagher）和史蒂芬·格林布拉特（Stephen Greenblatt）在《新历史主义实践》（*Practicing New Historicism*）中借用，来形容二人此书的研究目标。"我们自我发问，"二人在那可称为新历史主义宣言的书中说道，"如何才能从一个文化的纷繁复杂的文本痕迹中，找到最重要的……最值得追寻的线索。"他们以一个典型的新历史主义的方式，避免提供任何理论上抽象的回答。取而代之，这两人（一个是维多利亚学者，另一个则是文艺复兴学者）宣布了一个看似不大可能的灵感来源——现代派威廉斯和庞德（Ezra Pound）的诗学。他们二人承认，"我们开始采用埃兹拉·庞德在早年文章中所称的'透明细节法'，通过此法我们试图从众多线索中分离出那些在档案中幸存下来、显要的或'解释性'的细节"①。

此处提及的庞德文章是指《我收集了奥西里斯（Osiris）的肢体》，原本是庞德在《新时代》（*The New Age*）文学杂志上从 1911 年 12 月 7 日至 1912 年 2 月 15 日连载的系列评论文章。此文影射了埃及神话中艾西斯（Isis）收集她亦兄亦夫的奥西里斯四散肢体的典故，庞德在这里描述了他的学术方法，如我后文所述，这同时也是他的诗歌创作的准则：

　　当我抱着一种我那些已故导师们以典范的口气称之为"彻底鲁莽"的态度，冒险主张一个"新学术方法"时，我并不敢臆断这个方法是我发现的。我的意思仅仅是说，这是一种并不普遍的方法，一种目前并未系统阐释过、但自学术之初便被所有优秀学者不时使用的，"透明细节法"（the method of luminous detail）。这种方法跟当今盛行的模

---

① Catherine Gallagher and Stephen Greenblatt, *Practicing New Historicism*（Chicago：University of Chicago Press, 2000），15；此后均简写为 *PNH*。我不会在此过多涉及威廉姆斯，一部分原因是需要另一篇独立的文章来探讨他，另一部分是因为威廉姆斯的历史观与庞德的非常接近。迈克尔·伯恩斯丁（Michael Bernstein）有一本杰出的专著，*The Tale of the Tribe: Ezra Pound and the Modern Verse Epic*（Princeton：Princeton University Press, 1980），研究了威廉姆斯和庞德的诗学与历史观点之间的联系。

式——多量细节法（the method of multitudinous detail）针锋相对，同时对过去盛行的情感和概括法（the method of sentiment and generalization）也格格不入。情感和概括法过分粗略，而多量细节法对于想在精神上保持活力的正常人则过分累赘。①

那么，难道埃兹拉·庞德就是一个新历史主义者了么？或者反过来说，难道所有新历史主义者都是庞德主义者么？我承认前一个问题明显是荒谬的，这一点从二者的时间错位上可以找到证据：20世纪80年代初新历史主义刚在学界崭露头角时，庞德已于1972年去世。而面对后一个问题，从学术生平的资料来看，有代表性的新历史主义学者和庞德之间并未有什么明显联系：格林布拉特在耶鲁时的导师是阿尔文·柯南（Alvin Kernan），盖拉格则是加州大学伯克利分校三好将夫的学生，而这两位老师都不是庞德专家。按此思路寻找，最相关的则是沃尔特·本·迈克尔斯（Walter Benn Michaels），他师从于加州大学圣芭芭拉分校的一位著名庞德学者休·肯纳（Hugh Kenner）。在他学术生涯的早年，迈克尔斯是一名忠实的庞德学者，曾在作为庞德学会传声筒的 *Paideuma* 杂志上撰写庞德诗歌的注释笔记。但他在随后的生涯中转型，以一个新历史主义者的身份著称。其实，假如我能够明确指出"新历史主义"或

---

① Ezra Pound, *Selected Prose 1909－1965*, ed. William Cookson (London: Faber and Faber, 1973), 21.

"庞德主义"的核心要素，或者给出二词的精确定义的话，我前文提出的两个问题"庞德是不是新历史主义者？"和"新历史主义者是否都是庞德主义者？"便是伪命题了。盖拉格和格林布拉特二人均拒绝尝试对自己的流派下定义："我们从未阐述一系列理论主张或制定一个大纲；我们从未为我们自己，更不要说他人，指定一系列范本问题作为新历史主义文学解读的标准；我们不会傲慢地否定他人，说'你不是一个新历史主义者'。"（*PNH* 1－2）

命名，正如路德维希·维特根斯坦（Ludwig Wittgenstein）所言，至多不过是"一种词汇与物体之间的怪异联系"。我们可以只使用名字而不解释它们内在的含义，因为名字的含义体现在它们的应用之中。① 同样的，笔者在本书中并不试图通过对"庞德主义"或"新历史主义"的巧妙再定义，而达到在庞德和新历史主义者之间建立联系的目的；更不会通过揭露两派之间尚未公开的人际关系，而达到重绘文学史的目的。相反，笔者试图描绘一些被庞德和新历史主义者同时采纳的重要文本实践，不参照暗喻相融的原则，而是从一种维特根斯坦称为"亲缘类同性"的角度，将二者进行并列比较。这样一种类同性，在我看来，并不是简单地受庞德和新历史主义者之间的关系支配；反而它在两派作品中均起到了一种组织作用：无论是庞德的诗歌，还是新历史主义者的批评，大量素材都是按众多"透明细节"间的亲缘类同关系而组合在一起的。此组织方法的深远影响更明

① Ludwig Wittgenstein, *Philosophical Investigations*, trans. G. E. M. Anscombe (New York：Macmillan, 1953), 38, 43.

显体现在另一级别的类同性上：庞德与新历史主义者的作品都具有世界范畴——两派都倾向于使用大量"透明细节"来显示更大的社会或文化格局。① 用庞德的话，便是用"密集的细节"来捕捉文明中不断出现的根本性结构；用格林布拉特的说法，即要将文本线索的微小结构置于显微镜下，以展示"一个全面的艺术家与一个整体化社会之间的壮观对峙"的图景。② 这种对于从地区性细节走向全球性宏景的关注，把庞德和新历史主义置于当前全球化话语的中心。庞德毕生致力于设计一种泛文化蓝图的努力，与近来新历史主义朝文化可动性研究（study of cultural mobility）的转向进一步表明，新历史主义与庞德不仅有着相同的文化诗学观（cultural poetics），而且有着相同的诗歌观，即诗歌可以跨文化传播和具有交换意义。③

ANECDOTE（奇闻逸事）：1. 秘密的、隐私的，或者迄今尚未出版的历史叙述或细节。2. 对一个独立的事情，或单独事件的叙述，源于其本身之有趣或神奇。

——《牛津英语词典》第二版

（*Oxford English Dictionary* 2nd edition）

---

① 关于当代文化批评中一个全面并深入的对"细节主义"的解读，请参考 Alan Liu, "Local Transcendence: Cultural Criticism, Postmodernism, and the Romanticism of Detail." *Representations* 32（Fall 1990），75–113。

② Stephen Greenblatt, *Shakespearean Negotiations*（Berkeley and Los Angeles: University of California Press, 1988），2.

③ Stephen Greenblatt, "Racial Memory and Literary History." *PMLA* 116. 1（January 2001），48–63.

格林布拉特的读者经常为他讲精彩故事的特殊能力而惊叹。他深奥缜密的学术文章，也独具特色地点缀着一些令人陶醉的奇闻轶事。《文艺复兴的自我塑造》（*Renaissance Self-Fashioning*）（1980）的结尾讲述作者与一位男士在飞机上的相遇，此人的儿子由于得了绝症，失去了说话能力和活下去的欲望。这位先生请求作者不出声地说出"我想死"，以此来帮助他练习读唇能力；但作者却无法帮忙，由于恐惧或者源于他书里企图阐释的一个主题：一个人的身份是被他的言语所造就的。《神奇的财产》（*Marvelous Possessions*）（1991）的开篇，作者回忆幼年时期对旅行读物的喜爱，转写后来他与一群听众在马拉喀什的主广场上席地而坐，围着一位说书人，听了一场他一个字也听不懂的长篇故事；旅行读物和异乡志怪故事均帮助格林布拉特阐释一种神奇话语，一个在新世界殖民过程中占主导地位的意识形态。而《炼狱中的哈姆雷特》（*Hamlet in Purgatory*）（2001）则从个人角度出发，讨论了他在用炼狱的戒条以及讽刺性的虔诚为过世父亲祷告时所面临的痛苦挣扎。

"奇闻轶事，"格林布拉特写道，"记录了变幻莫测之物的独特性。"它们与已形成范式的主流语言风格之间维持着一种挑逗的关系，对关键问题往往起到意想不到的作用，但又不完全融入整个系统之中。因此，奇闻轶事是"文化表达的主要产物之一，在混沌模糊的此时此刻和一个它们只能弹指影射的洪流之间，充当中介人。它们被巨大的经验漩涡顺手抓住，塑造成型，不过它们的容颜仍是瞬息万变——否则，我们便会用一个更大、更宏观的名字'历史'

来称呼它们——同时又具有诉说与复述的能力"[1]。

庞德《诗章》的一个基本创作原则，恰恰是对奇闻轶事的诉说和复述，对"透明细节"的组合与再组合，尽管常带一点刻意为之的味道。比如下面摘自第七十四章的一段：

> and as for playing checquers with black Jim
>
> on a barrel top where now is the Ritz-Carlton
>
> and the voice of Monsieur Fouquet or the Napoleon 3rd
>
> barbiche of Mr Quackenbos, or Quackenbush
>
> as I supposed it,
>
> and Mrs Chittenden's lofty air
>
> and the remains of the old South
>
> tidewashed to Manhattan and brown-stone
>
> or (later) the outer front stair
>
> leading to Mouquin's
>
> or old Train (Francis) on the pavement in his plain
> wooden chair
>
> or a fellow throwing a knife in the market
>
> past baskets and bushes of peaches
>
> at $1 the bushel

---

[1] Stephen Greenblatt, *Marvelous Possessions* (Chicago: University of Chicago Press, 1991), 3.

and the cool of the 42nd St. tunnel（periplum）①

至于在如今已是里茨-卡尔顿旅馆的地方

在圆桶上和黑吉姆下跳棋

富克特先生的声音或奎肯波先生的

拿破仑三世山羊胡子，我曾以为他名叫

奎肯巴什，

奇坦登太太的傲慢眼神

古老南方的残余

被冲刷到曼哈顿与褐石住宅

或（后来）前门台阶

通向穆坎餐馆

或是老特雷恩（弗朗西斯）坐在人行道旁

那张简朴的木椅上

一个家伙在市场里扔出一把飞刀

掠过成篮成框的桃子

一美元一筐

42 街地下通道的阴凉　　　　　　　　（地貌）②

---

① Ezra Pound, *The Cantos*（New York：New Directions, 1970），447；随后《比萨诗章·庞德诗选》英文引文均来自此版本，缩写为 *Cantos*。

② 埃兹拉·庞德：《比萨诗章·庞德诗选》，黄运特译，湖南文艺出版社 2017 年版，第 48—49 页；随后《比萨诗章·庞德诗选》（以下简称《诗章》）中文译文均来自此版本，缩写为"黄"。

第七十四章是《诗章》的开篇，作于庞德在二战末被囚禁在意大利比萨市郊外美军监狱的时候。这个系列十一首诗的创作很大程度上依赖于记忆，就像庞德在诗中所写："缪斯诸神都是记忆的女儿。"作为一本回忆性质的作品，《诗章》不断地回想起人物、地点和情景，那些与身陷囹圄的诗人有着亲密联系的点点滴滴。同时它又聚集了大量历史典故、异国语言，以及军营牢狱日常对话等，组成一个非凡的文本。在上面所引的段落中，诗人回忆起他童年住在曼哈顿市中心（东 47 大街 24 号）的经历，在那里他的叔叔埃兹拉·维斯顿（Ezra Weston）经营一个旅店，叫作伊斯顿（Easton）旅馆。诗中人物黑吉姆是旅店的服务生，但这个旅店后来被著名的豪华酒店里茨·卡尔顿取代，此事在下行便被提及。富克特先生（Monsieur Fouquet）是一位常常与旅店老板热烈争论的长期租客，他给小庞德留下了深刻印象。在《孔雀舞和流浪集》（*Pavannes and Divagations*）中，庞德这样描写富克特，有"尖锐、高亢、普通的音调……高得像庞齐和朱迪木偶戏般吵闹，低得像低音提琴一般沉闷"。奎肯巴什（Quackenbush）也是一个租客，他留着拿破仑三世模样的山羊胡子（barbiche）。另一位旅店过客，凯特·萨拉·奇坦登（Kate Sara Chittenden）是一位风琴演奏家、作曲家以及讲师（所以有种"高贵气质"）。埃兹拉叔叔拥有至少两家旅馆，都保留着"古南方"的雅致。穆坎饭店（Mouquin's）是纽约的一家法国餐厅，庞德经常光顾（他在 1920 年 9 月 11 日给威廉姆斯的信中说道，"如果我有国家……可是穆坎饭店没了"）。乔治·弗兰西斯·特雷恩（George Francis Train）曾是特雷恩公司（Train & Co）

的创始人，他曾于 1872 年竞选美国总统，并发表煽动性演讲，反对政客，评论拿破仑三世的倒台（再一次与"拿破仑三世山羊胡子"联系起来）。在特雷恩晚年，他常常坐在曼哈顿格林尼治村的米尔斯旅馆外面的街上（"坐在人行道旁那张简朴的木椅上"）。更重要的是，在庞德看来，特雷恩当年曾和他现在一样锒铛入狱。"一个家伙在市场里扔出一把飞刀"，回忆了一件不太容易核实的事件，在《孔雀舞和流浪集》里，庞德写道："一个男人从五十英尺外，向另一个正在逃跑的男人扔出一把大折叠刀。"而"42 街地下通道的阴凉"也带有当地特色。①

　　但这些明显琐碎、几乎过度繁杂的奇闻轶事究竟要把我们带向何处呢？庞德此段诗的"眼"，似乎在于最后一个词，藏在括号里：地貌（periplum）。地貌一词起源于希腊文，意思是"沿岸航行"，它在庞德的诗歌和散文中重复出现。在第五十九章中，我们读到这两行："地貌，不是地图所描/而是航行者所见之海岸面貌。"在《阅读 ABC》（*ABC of Reading*）中，庞德修改了他对这个词的定义："奥德赛的地理是正确的地理；并不是因为你靠地理书或地图就能找到它，而是要靠'沿岸航行'，也就是，像沿着海岸航行的水手看到的那样。"② 要想体验或了解"42 街地下通道的阴凉"，一个读者不能依靠一张纽约的地图或者一本地理书。他也不可能从其他途径了解黑吉姆、富克特先生、奎肯巴什、奇坦登太太、穆坎

---

① Carroll F. Terrell, *A Companion to The Cantos of Ezra Pound* (Berkeley and Los Angeles：University of California Press, 1993), 385 – 386.

② Ezra Pound, *ABC of Reading* (New York：New Directions, 1951), 43 – 44.

饭店和老特雷恩，除非他进入诗人的记忆里。这种"想了解一个城市就要了解它的每条街"（to-know-a-city-is-to-know-its-streets）的方法，人类学家克里福德·基尔茨（Clifford Geertz）称之为"本地知识"（local knowledge），这个词被新历史主义者广泛使用。①就像本地、私人信息一样，地貌这个概念充分体现了庞德对抽象的厌恶。它在《诗章》里的作用，就像第七十四章中所示，这个词主要被用在个人回忆的语境里。在第七十七章里，地貌一词在短短八行诗句里出现了两次，而在普通读者看来，这些诗句不过是琐碎的个人信息而已：

> or in another connection（periplum）
>
> the studio on the Regent's canal
>
> Theodora asleep on the sofa, the young
>
> Daimio's "tailor's bill"
>
> or Grishkin's photo refound years after
>
> with the feeling that Mr. Eliot may have
>
> missed something, after all, in composing his vignette
>
> periplum（*Cantos* 466）

或在另一种联想里 　　　　　（地貌）

---

① Clifford Geertz, *Local Knowledge: Further Essays in Interpretive Anthropology*（New York：Basic Books, 1983）, 167－234.

> 摄政运河上的工作室
>
> 西奥多拉睡在沙发上，年轻的
>
> 泰米的"裁缝账单"
>
> 或格里希金的照片多年后又找到
>
> 觉得艾略特先生可能
>
> 在写他的花边小诗时，毕竟忽略了些什么，
>
> 地貌（黄 83‑84）

　　与格林布拉特通过精湛文笔所描绘的扣人心弦的奇闻轶事不同，庞德的奇闻轶事仍呈现碎片化、随机化、过度化的特点，带着使读者不耐烦或完全迷失的风险。换句话说，庞德对奇闻轶事的使用看起来违背了格林布拉特的信条："一个纯粹的本地知识，一个绝对单一的、不可重复的、独一无二的经历或观察，是既不理想、也不现实的。"① 但地貌并非纯本地知识。甚至在他独特的唯名论影响下，庞德仍忠于亚里士多德学派的原则，也就是"普遍性"可以"产生于密集的细节"②。问题是：这些看似本地、世俗的奇闻轶事如何超越自身，来绘制一张更大的图景，按庞德的话来说，创造一个"巨大水晶球"（great ball of crystal）或者"伟大的光之橡子"（great acorn of light）？为了回答这个问题，我们需要再次审视"透

---

① Stephen Greenblatt, *Marvelous Possessions*,（Chicago：University of Chicago Press, 1991），3.

② 唯名论（nominalism），此论否认抽象物体与普遍概念的存在，而坚持物质的、个体的存在。

明细节"这个概念，审视当炫目的光线填平了认知的坑洼，将其变成新历史主义者称之为"触摸真相"（touch of the real）的那一刻。

从某种意义上说，任何事实都"至关重要"。任何事实都可能是"症状"，但某些特定事实能提供一个瞬间领悟，这个领悟通向邻近的情形、它们的起因和影响，通向秩序以及规则。

——埃兹拉·庞德，《我收集了奥西里斯的肢体》
（Ezra Pound, *I Gather the Limbs of Osiris*）

那个故事欺骗了我们，因为它试图借真实之名建立法则。
——米歇尔·德·塞尔托，《历史书写》
（Michel de Certeau, *The Writing of History*）

新历史主义者的奇闻轶事，正如盖拉格和格林布拉特所说，绝不是一个完全绝缘的碎片，一种纯粹本地的知识。它是庞德所说、而他们二人也认可的"透明细节"，抑或"解释性细节"（interpretive detail）。他们二人试图在奇闻轶事中寻求一种存在于本地细节和全球视野之间的互利共生关系。他们想通过"对共鸣文本碎片进行分离，在仔细分析后，迫使碎片呈现它的真实面目，即它代表了它从中分离出来的原文本，也代表了产生并接受此文本的特定文化。这个文化反过来也使得对应的碎片更易解读，作为一种只有在某个特定时刻、特定情况、特定关系和特定假设的共同作用下才可能生成的东西，也作为那个瞬间的生活世界的表达"（*PNH* 35）。因此，我们在格林布拉特的作品中发现，他将传统的、盖伦制剂的（galenical）、妇科的医学原理与莎士比亚的《第十二夜》神奇地搭配在一起；在盖拉格的笔下，美国副总统丹·奎尔（Dan Quayle）对"土豆"的错误拼写，引出了一段18世纪末到19世纪初英国土豆辩论的生动历史；而在迈克尔斯作品里，一个疯女人的小房间墙纸上的"黄斑"，揭示了在世纪之交的美国，写作与经济之间的一种重要关系。《新历史主义实践》这本书本身，正如作者二人指出，可以用两种方式来解读：一种是将此书看作对重要问题的一种严谨尝试，"两个作家，起始两章议论了奇闻轶事，中间两章探讨了中世纪和文艺复兴晚期的圣餐教律，最后两章则研究了19世纪唯物主义"；另一种则将此书本身看作一部笑谈，"两章说奇闻，另外四章谈面包、土豆和死人"（*PNH* 1）。但我们阅读此书之后便会发现，微观细节和宏观议题相互交织，相互凸显。但这并不是说，新历史主义者并未察觉他们冒着混淆细节与整体的风险，尤其是此间的奇闻轶事，如他们所说，正威胁"要将经典艺术品的阐释与它们至少在名义上紧密相连的东西剥离，甚至淹没"（*PNH* 35－36）。而奇闻轶事这绝非玩笑的威胁又将我们带回到庞德的作品，在其诗作里，"透明细节"常常被"他者"所威胁，庞德将这种"他者"批判地称为多量细节。

新历史主义者发现的细节和整体之间存在的时合时分的现象，在庞德的诗歌里作为一种窘境展现出来：一方面，他试图透过"巨大水晶球"把所有事物看得清清楚楚；另一方面，他承认，"我的注解并不连贯"。许多庞德学者都指出，他作品中这种双面性是一种无法解决的断裂。迈克尔·伯恩斯丁认为庞德的《诗章》是他历史思维的一种表现，他的"归纳或会意法（inductive or ideogrammic method）"与他所借鉴的儒家史学之间的一种矛盾。前一种方法，来自庞德对里奥·佛罗贝尼乌斯（Leo Frobenius）、路易斯·阿加西（Louis Agassiz），以及欧内斯特·费诺罗萨的继承，它依赖于亚里士多德式原理，即精心收集、分类零散事实，进行提炼，再作概括归纳。儒家学说则怀疑此类客观科学的合理性，建议采用永恒不变的规则和价值观，而这些规则和价值观只可通过上天或者上天的代言人——贤明君主来推行。受到这两种相互矛盾的原则指引，《诗章》在一方面踏上了漫漫奥德赛之路，去寻找并组合大量具体可见的细节（请允许我提醒你，和黑吉姆下的一盘棋、奎肯巴什的山羊胡子，还有 42 街地下通道的阴凉，都属于这样的细节），同时通过对比和审视这些文本和文化样本的微小细节，而得出一种普遍适用的合理性，一个"人间天堂"（paradiso terrestre）。在另一方面，《诗章》反复强调"天堂并不是人造的"（Le Paradis n'est pas artificiel）（第七十四章），天堂不可被人造，也不可借助直接处理、正确命名、沿岸航行的方法，按照逻辑而得到。这三行摘自第七十四章的诗句：

> 我不知道人类如何承受
>
> 有一个画好的天堂在其尽头
>
> 没有一个画好的天堂在其尽头（黄 26）

这几行诗句最能表达诗人面对这不可忍受的窘境时的痛苦。假如天堂只是"画好了"且因此而被人为玷污，那么我们究竟为何还要自欺欺人？但如果在我们期待的旅程尽头没有天堂，哪怕是个画好的、杜撰的天堂，那么我们究竟如何在毫无希望中生活下去？这个存在上的窘境实际是受"真相"（fact）概念在现代认识论上发生转向而影响的，这个转向其实始于现代科学方法之父弗朗西斯·培根，在他身上我们可以找到细节与整体之争的起源。

文化史家已经为我们梳理了这个认识论上的转向，它发端于现代化的早期，在这一时期新科学方法取代了陈旧的亚里士多德式的套路。在玛丽·普维（Mary Poovey）看来，亚里士多德认为真正的知识不是由离散、可见的具体细节构成，尤其当这些细节来自个人经验。相反，如亚里士多德在《后分析篇》（*Posterior Analytics*）中所说，"知识依赖于对普遍性的认知"；也就是说，只有概括性的知识才是事实。但随着培根对"新学术"的推广，现代的事实逐渐拥有了双重身份："其一，事实看起来（或者被理解为）只是被割裂的细节……；其二，事实看起来（或者据说是）只有在它们作为构成某种理论的证据时——也就是说，只有因某个理论性的理由而注意到，或者命名这些细节时，才是一种可被识别的个体存在。"[1]因此，现代事实既是被观察的细节，又是某些理论的证据。对现代事实这种"既是……又是"（both-and）的要求，一方面体现了新

---

[1] Mary Poovey, *A History of the Modern Fact：Problems of Knowledge in the Sciences of Wealth and Society*（Chicago：University of Chicago Press, 1998），8-9.

的科学精神，拒绝接受没有证据的信念，但另一方面也暗示了在没有神明启示时对知识的追寻所引起的焦虑不安。但培根的体系并不是一个完全封闭的知识生产体系，此间有他称之为"单独案例"（singular instances），这种案例"具体地展示了个体，虽然这些个体看似古怪并原本就破碎"；还有"偏离案例"（deviating instances），这种案例"是自然、运动和魔鬼的错误，自然在这些案例身上偏离、舍弃正常的路线"。培根认为这些罕见的案例十分重要，因为"它们纠正了人们对正常事物的理解，并揭示了普遍形式"。但是，他留给单独和偏离案例的狭小入口，在培根后来反对那一类他称之为"个别"（individuals）的事实时，又被封闭了起来。这些个别信息主要跟自然历史有关，"那些丰富的自然历史，提供了丰富的物种图像描写，但它们的千奇百怪的多样性并不是我们需要的。因为这样琐碎的多样性仅是自然的怪异且无聊的把戏，只能最多演变成单个的自然；这种多样性为它们描绘的事物提供了一种令人愉悦的解读，但只是摆摆花架子，不能为科学提供多大用处"。因为它们对我们寻找哲学上的"绝对公理"（true axioms）毫无帮助，所以培根抛弃了对"个别"事实的研究，转而想要归类那些"在每个名类中更突出的案例"，因为这些对创造普遍知识更有用处。①

　　我对培根的事实理论的简短回顾，意在澄清两点：第一，相比于过去，比如在亚里士多德的理论中，只有概括后才被当作事实，

———————

① Mary Poovery, *A History of the Modern Fact: Problems of Knowledge in the Sciences of Wealth and Society* （Chicago：University of Chicago Press, 1998），98 - 99.

而在现代知识系统中，具体而可观察的细节已经有了合法性；第二，理想的事实包括已被观察的细节和某种理论的证据，在这种理想的事实与不理想的、"个别"的事实之间，单独与偏离案例仍属于朦胧地区，它们的问题并未解决。在这里，我们发现了庞德对于"透明细节"和多量细节之区分的一个原型，同时我们还发现了那些在可求和不可求之间来回摇摆、尚未完全消失的残留物，这种残留物既质疑了庞德，也质疑了新历史主义者对认知过程中所谓"豁然开朗"一刻的追求。那么，一个人究竟如何辨别不同种类的细节呢？尤其当一个文学工作者缺乏科学研究那样的客观性保证时，他们如何处理那些色彩斑斓的文本线索呢？

奇怪的是，培根对此向我们提供了一些建议，这个当然没能逃过新历史主义者的关注。在《新历史主义实践》中《触摸真实》（The Touch of the Real）一章，格林布拉特（此章为他本人执笔）剖析了一部对新历史主义影响深远的著作：埃里克·奥尔巴赫（Eric Auerbach）的《模仿》（*Mimesis*）。格林布拉特的分析集中在他称之为魔术绝技上，在奥尔巴赫的巨著中这个绝技得到了精湛的演示。这绝技包括"变戏法般仅用寥寥数行（单一文本），便变出了一个复杂的、动态的、历史准确的再现精神"，并使用"本地细节作为一个平台来搭建更大的结构"。也正是因为这一点，格林布拉特在新历史主义家谱里给予了奥尔巴赫一个极高的地位。在此处，格林布拉特从奥尔巴赫转向了培根：

在《模仿》中，奥尔巴赫效仿弗朗西斯·培根的《学习的进步》（*The Advancement of Learning*）（1623），给文学史家提供建议：

　　为便于编写这样一本历史书，我尤其建议此书的写作方式和材料不能仅仅来自历史和评论，而要参考每个世纪的主要著作，或者这个时间段可以比世纪短一些，从最早的时代按顺序进行，这样的话（我并非说要全部通读，因为那样的话太费时间，但在各处都有涉猎并考察这些作品的论点、文笔和方法之后），每个时代的"文学精神"就像被施了魔法、死而复生一样。

　　正是由于这个"文学精神"（在一个特定的历史时期里创新的、源源不断的语言力量），奥尔巴赫不断地用着那些看似越来越多的突兀段落，用着那被这些零碎段落升华了的魔术绝技，正如《模仿》一书所展现出来的，不停地吸引着痴迷的读者。（*PNH* 37－38）

　　在格林布拉特所引的段落中，培根试图将他的事实理论应用到文学史的研究中去：就像在科学研究中一样，可见细节会变成理论证据，在文学史中我们也需要阅览每个时代的代表作，把它们当成具体细节，同时通过"反复品味，审察它们的论点、文笔和方法"，从而得到对关键精神的惊鸿一瞥或者"痴迷"。但如果在科学领域，残余成分会留在理想与不理想细节之间的有争议地区，那么这样的混合体在文学中也存在吗？而万一我们丢失了区分不同细节的能力，把培根的"个例"当成了"事实"，那我们还剩下什么呢？那我们又该如何得到正确的整体呢？这样看来，变戏法是我们唯一可行的，这种力量使我们可以"通过语言来召唤那些缺席的东西，比如声音、面容、身体和精神，或者与这些东西建立联系"①。但即使是格林布拉特，尽管他刚刚告诉了我们变戏法的定义，也表达了一些怀疑："一个奇闻轶事可能会变出现实，但现实在被呼唤的时候一定会出现么？如果仅仅是一种修辞——这种效果在古雄辩家那里被称为写实描绘（enargeia），或者叫生动性——那么戏法只能变出一个'现实效应'（reality-effect），仅此而已。"②

庞德也是一位魔术大师，他梦想着变成一个"行之主，言之师/用词贴切，精雕细琢"（黄 37）。而《诗章》则充满了这样的魔术戏法，以此呼风唤雨，呼唤现实，抑或现实效应：

> but Wanjina is, shall we say, Ouan Jin
>
> or the man with an education
>
> and whose mouth was removed by his father
>
> because he made too many things
>
> whereby cluttered the bushman's baggage
>
> …
>
> Ouan Jin spoke and thereby created the named
>
> thereby making clutter (*Cantos* 426 – 427)

---

① Stephen Greenblatt, *Hamlet in Purgatory* (Princeton：Princeton University Press, 2001), 3.

② 同上书，29。

而旺吉那，应该说，是文人

或有教养之士

嘴巴被其父封上

　　　　　因为他造了太多东西

塞满了林居人的旅行包

……

文人开口，命其名而造万物

　　　　　　　　因而造成堵塞（黄 6－7）

　　这里存在着一个双重戏法。此段诗歌所指的旺吉那（Wanjina），是澳大利亚民间传说中一位神灵的儿子（Wondjina），他通过说出东西的名字而创造了世间万物。可他造得太多了，他的父亲不得不将他的嘴封上。庞德将这个澳洲的神话与中国神话对应起来，而中国神话中也包含了变戏法/创世的情形。但庞德在这里亲自表演了一个戏法：文人（Ouan Jin），或"有教养之士"，与旺吉那不同，这并不是一个专有名称，而只是一个分类。而庞德的诗句使得文人听上去像某人的名字，一个中国历史中的人物，一个澳大利亚的旺吉那的同类。文人从泛称到专有名称的转变，变出了一个比较人类学中的新模式，在两个本地透明细节旺吉那和文人的类比和谐音共鸣中，揭示了一个世界性的链接。

　　"我在无神的地方见到神明了吗？"庞德在他的第一百十六章的手稿中问道。正是在这首诗中庞德对其毕生的创作，既大胆地自称胜利，又谦虚地承认失败。一方面——

我带来了一个巨大的水晶球；

谁能搬得动？

你能跨进伟大的光之橡子吗？

另一方面——

尽管我的错误和失败围了我一圈。

而我并非神人一体，

我无法让它凝聚一团。①

旺吉那和文人的例子，恰好有代表性地体现了透明细节那既明晰又混乱的矛盾性，这个矛盾性用休·肯纳的话来说，是一场光明与泥泞之间的战斗。要想在无中看到有，要想观察一个明显消逝了的纽带，要么需要拥有一个看似虔诚的"信仰之飞跃"（leap of faith），要么则需要一个被格林布拉特称为"模仿天赋的幽灵"（specters of mimetic genius）的魔术戏法。在格林布拉特看来，奥尔巴赫可以从一个微小细节向一个全球性的言论转移，在不需要时间顺序的帮助下，将广泛散落的历史时期整合在一张天衣无缝的画布

---

① 这里的"lie"（撒谎，分散）的一语双关值得注意：my errors and wrecks are scattered around me, or they tell lies about me（我的错误和失败散布在我的周围，或者它们诽谤我）。但"I cannot make it cohere"（我无法让它凝聚一团）则是对失败的直言不讳的承认。在手稿中，庞德听起来更古怪："The damn stuff won't cohere"（那该死的东西无法凝聚成一团）。

上。他在描述奥尔巴赫的神奇能力时这样写道，"他并不对一个时代和另一个时代间的纽带感兴趣，而是对一系列的幽灵着迷，那模仿天赋的幽灵"（*PNH* 37）。出自培根的以上那段引文，正是在这个论点的语境中登场的。庞德跨越时间、大陆和文化将旺吉那和文人并列到一起，声称他捕捉到了人类文明的根本性结构——文化的精髓。如果我们注意到庞德此般惊世骇俗的语言技巧，我们就可以理解奥尔巴赫与培根在这个我已经反复描述了的生产活动中并非例外。而这项活动是一个文学和文化的伟业，它对本地资源和原始资料进行反思，同时产出跨越文化界限的商品。而这项伟业的名字正是"全球化"（globalization）。

> 人类的智慧集合并非存在于单独语言中，而没有任何一种语言独自能够表达人类理解力的所有维度和形式。
>
> ——埃兹拉·庞德，《阅读 ABC》
> （Ezra Pound, *ABC of Reading*）

> 我们当下不仅可以水陆两栖般地生活在被区分甚至被分裂的多个世界里，而且可以复数般地同时存在于众多世界和文化中。我们不再只属于一个文化、一个单一层面的人类认知，正如我们不再只属于一本书、一种语言或者一项科技……人类家庭正处在一个"地球村"的环境之中。
>
> ——马歇尔·麦克卢汉，《古腾堡星系》
> （Marshall McLuhan, *The Gutenberg Galaxy*）

全球化的模式有两种：一种是同一个文化价值观和意识形态体系贯穿或统治全世界，例如今日蔓延世界的资本全球化；另一种则是由不同体系相互交流而生成的一幅邻近同比、矛盾同生的画面。这两种模式并非相互排斥，其实二者同时描述着我们当今所处的环境。到此为止，本章一直努力使用"细节/整体"的关系来揭示第二种全球化模式的运作机制，阐明此模式的类比运作原理。此原理与第一种模式所依赖的暗喻融合原则，时而鲜明对立、时而致命相近。因此，类比是关键之所在。

"你无法靠类比证明什么"，庞德在他的《阅读 ABC》中警告我们。类比如果不是作为获取科学知识的一种方法，而是作为一种观点，庞德则觉得它并非彻底无用。正如他在那独特的格言似的"句段"中写道：

一个智慧中充满了类比的人，会经常在他远远不知为何的时候，"顿悟"某事不妙。

亚里士多德在他写下"对暗喻的恰当使用意味着对关系的敏锐洞察"时，脑中便浮现了类似的想法。

一系列的粗略类比可能掠过脑海，正如许多的粗略实验，消灭了大部分不适成分和结构。

只有在长久的经验后，大多数人才能够给事物定义属性，绘画归于绘画，写作归于写作。当一个评论家开始谈论诗人而不是诗歌的时候，你就会发现他并不专业。①

① Ezra Pound, *ABC of Reading* (New York: New Directions, 1951), 84.

这里庞德关于类比的思想，与维特根斯坦所提出的"亲缘类同性"，有着极其相似的亲缘类同关系。在后者看来，我们大多数的哲学谬论，例如本质主义或形而上学，均来自我们对类比的错误使用。比如，我们对于"语言精髓"的错误迷信，则起源于一些类比，"这些类比建立在语言在不同地区的不同表达上"。类比本身并没有错，就像庞德所承认的；但如果在我们想当然地认为自己正对某种现象进行深思，而没有意识到我们仅仅在和类比打交道，我们就错了。"我并没有提供一些与我们称之为语言的相同的东西，"维特根斯坦写道，"而是认为这些现象毫无相同之处，所以我们也无法用同一个词代表全部，——但它们在许多方面相互关联。而正是因为这种关系，或者这些关系，我们将它们称为'语言'。"① 正是这样的一种关联性，维特根斯坦称之为"亲缘类同性"。

庞德的诗歌，就如旺吉那和文人那段，采用了一种组织原则，即演变出透明细节的关联性。在他的作品里，貌似不连续的本地知识片段的类比，往往被赋予某种国际重要性。庞德对孔子诗篇的翻译为他如何利用一个亲缘类同性的模型，来建构全球诗歌与文化的意义，提供了一个突出的例子。

《诗经：孔子选定的经典诗集》（*Shih-ching: The Classic Anthology Defined by Confucius*）出版于1954年，学术界一般认为这些诗歌都

① Ludwig Wittgenstein, *Philosophical Investigations*, trans. G. E. M. Anscombe (New York: Macmillan, 1953), 65, 90.

是孔子选编，成为中国诗歌传统的奠基之作，而庞德的版本包括了305首出自其"创新"式翻译。我用"创新"一词，并不单单因为庞德的翻译没有遵循通常行行对应的方式，而是他的译文包含了一种类比变换法，此法我们在上文已经有所讨论。这些诗篇主要来自与孔子同一或更早时期的各国各地区的民歌民谣。在庞德的译本之前，《诗经》的英语译本翻译家——詹姆斯·莱格（James Legg，又名理雅各）、赫伯特·盖尔斯（Herbert Giles，又名翟理斯）、亚瑟·维利（Arthur Waley，又名魏理）、伯恩哈德·卡尔戈伦（Bernhard Karlgren，又名高本汉），等等——大多采用意译而没有考虑原文的音韵效果。与这些译者不同，庞德在他的英译本中采用民谣格律，这种选择的重要性绝不仅仅在于形式。

比如第16首《甘棠》，原文如下：

蔽芾甘棠，勿翦勿伐，召伯所茇。
蔽芾甘棠，勿翦勿败，召伯所憩。
蔽芾甘棠，勿翦勿拜，召伯所说。

庞德参考过高本汉的译本，借此获得具体词句的意思，而高氏的译文如下：

Luxuriant is that sweet-peartree;

do not cut it down, do not hew it,

that is where the prince of Shao bivouacked.

> Luxuriant is that sweet-peartree;
>
> do not cut it down, do not destroy it,
>
> that is where the prince of Shao rested.
>
>
> Luxuriant is that sweet-peartree;
>
> do not cut it down, do not bend it,
>
> that is where the prince of Shao halted.①

而庞德则是这样翻译：

> Don't chop that pear tree,
>
> Don't spoil the shade;
>
>
> Thaar's where ole Marse Shao used to sit,
>
> Lord, how I wish he was judgin' yet.②

　　在《跨太平洋位移：20世纪美国文学中的种族志、翻译和文本间旅行》中，我曾将庞德此诗以及其他一些《诗经》篇目的翻译，解读为一个人种腹语的案例：与他在自己的诗歌中频繁使用美国黑

---

① Bernhard Karlgren, *The Book of Odes: Chinese Text, Transcription and Translation* (Stockholm: The Museum of Far Eastern Antiquities, 1950), 10.

② Ezra Pound, *Shih-ching: The Classic Anthology Defined by Confucius* (Cambridge: Harvard University Press, 1954), 8.

人方言的手法相似，庞德的中文翻译，例如在他的《华夏集》和
《诗经》的译本里，用腹语呈现了一个异国情调的中国声音；而这
种腹语手法也是一种跨文化的美学特征。虽不完全等同，但这种腹
语与运用在陈查理电影和小说中的那种人种模拟也有关系。① 我在
那里并没有完全说明的是，庞德通过两种截然不同的方言，类比了
两种形态的人生。维特根斯坦曾说过名句，"想象一种语言即想象
一种生活方式"（To imagine a language is to imagine a form of life）。
这首《甘棠》的译文，通过一个美国黑人对南北战争前种植园生活
的怀旧口吻，对等地展示了一个中国农民对贤明君主的情感。尽管
两种生活方式年代相去甚远，庞德巧妙地通过黑人方言将二者联系
起来，这种联合的本意在于再次捕捉中国民谣中的"本地"感觉。
两种本地细节间的循环与交换，必须通过一种类比的方法来完成，
而这种技巧被肯纳表述为"世界主义"（cosmopolitanism）。

在他为庞德的《诗经》朗诵唱片写的赞词里，肯纳这样描述诗
人如何将一些极其本地化的材料演变为极度国际化的作品：

> 这里记录着当今文明的身影：美国诗坛巨匠，1885 年
> 10 月 30 日生于爱达荷州海立市，成长于宾夕法尼亚州，
> 他 85 岁时在意大利坐在麦克风前，朗诵他 20 多年前在华
> 盛顿翻译的 2 500 多年之前的中国诗歌。瑞典学者高本汉

---

① Yunte Huang, *Transpacific Displacement: Ethnography*, *Translation*, *and
Intertextual Travel in Twentieth-Century American Literature*（Berkeley and Los
Angeles：University of California Press, 2002），124–126.

的笔记带领他尽览这些诗歌的纷繁复杂。而说到他对这些诗歌的兴趣，则源自数十年前一位带有西班牙血统的美国人欧内斯特·费诺罗萨的论文，而这位费诺罗萨先生写出这些论文后又成了日本皇家美术大臣。

本地文学看来已经过时，但中国诗歌极度本地化。它们产自一个人类的真情实感仍然部落化的年代，而当时的统治者既是战士又是祭司，当时的人类礼仪，不管是婚姻、战争、还是对首领的崇敬，都要选择自然世界里的现象作为天象和预兆。这些诗歌很多看起来如山歌一样朴质无华。

要想再次捕捉离今日相去甚远的这样一种情感层次，我们需要运用一种错综复杂、兼容并包的世界主义手法。①

肯纳所提倡的世界主义手法，在庞德的译作和原创诗歌里，均得到了完美的体现。比如，庞德翻译的《诗经·黄鸟》一篇，中文原文如下：

黄鸟黄鸟，无集于榖，无啄我粟。此邦之人，不我肯榖。言旋言归，复我邦族。

黄鸟黄鸟，无集于桑，无啄我粱。此邦之人，不可与明。言旋言归，复我诸兄。

---

① Hugh Kenner, "comments on the cover of Ezra Pound reading." *The Confucian Odes* (New York: Spoken Arts, 1975).

黄鸟黄鸟，无集于栩，无啄我黍。此邦之人，不可与处。言旋言归，复我诸父。

高本汉的译文如下：

Yellow birds, yellow birds,

do not settle on the Broussonetia;

do not eat my growing grain;

the people of this state,

they are not willing to treat me well;

I turn back, I go home,

I return to my country and clan.

Yellow birds, yellow birds,

do not settle on the mulberry tree,

do not eat my spiked millet;

the people of this state,

with them one cannot make an agreement;

I turn back, I go home,

I return to my brothers.

Yellow birds, yellow birds,

do not settle on the oak,

do not eat my panicled millet；

the people of this state，

with them one cannot dwell；

I turn back，I go home，

I return to my family elders.

如下是"黄鸟"在庞德的《诗经》中的面貌：

Yaller bird，let my corn alone，

Yaller bird，let my crawps alone，

These folks here won't let me eat，

I wanna go back whaar I can meet

the folks I used to know at home，

I got a home an' I wanna' git goin'.

Yalla' bird，let my trees alone，

Let them berries stay whaar they'z growin'，

These folks here ain't got no sense，

can't tell 'em nawthin' without offence，

Yalla' bird，lemme，le' mme go home.

I gotta home an' I wanna' git goin'.

Yalla' bird，you stay outa dem oaks，

Yalla' bird, let them crawps alone,

I just can't live with these here folks,

I gotta home and I want to git goin'

To whaar my dad's folks still is a-growin'.①

在庞德的诗句里，"黄鸟"（Yaller Bird）的类比远超越了中国和非裔美国人的文化。在《诗章》第七十九章中，庞德描绘了几只蝴蝶停在囚笼外的电线上的样子：

2 on 2

What's the name of that bastard! D'Arezzo, Guido d'Arezzo

notation

3 on 3

chiacchierona　　　　　　　the yellow bird

to rest　　　　3 months in bottle

（auctor）

by the two breasts of Tellus

Bless my buttons, a staff car/　　（*Cantos* 487）

黄
鸟
止

两只在两根上

---

① Ezra Pound, *Shih-ching: The Classic Anthology Defined by Confucius* (Cambridge：Harvard University Press, 1954), 100.

那兔崽子叫啥名字来着？圭多·德·阿雷佐

记谱

　　　　　　三只在三根上

　　　　　婉转的　　　　　　　　　黄鸟

　　止于　　　　　　瓶中三个月

　　　　　　　　　　　　　　（卖主）

在忒路斯的两只乳房边

　　老天爷保佑，一辆机关用车/（黄126）

　　此处，燕尾蝶在电线上时停时起的动态场景（"两只在两根上"和"三只在三根上"），令诗人想起了《诗经》中的黄鸟，又联想到11世纪意大利人圭多·德·阿雷佐（Guido d'Arezzo）的乐谱。阿雷佐发明了六度音阶系统，将两行线谱发展成现今的五线谱，而庞德将这一成就与《诗经》一起看作对人类文明的巨大贡献。同时，鸟与音符的主题也让我们想起庞德《诗章》中的另一首诗，第七十五章，此诗由七行诗歌与两页的音符构成，改编自雅内坎（Janequin）的《鸟之歌》。

　　《诗经》里的黄鸟、非裔美国方言里的黄鸟、阿雷佐的六度音阶、雅内坎的小提琴钢琴二重奏——所有这些，组建了一个水晶球，此中一切都是透明清晰。在我们看来，最终作品的清晰度，依赖于每个细节对它原本所属之整体的阐释力，也依赖于这些细节通过转喻般所揭示的不同整体架构之间的亲缘类同性。换言之，一个本地细节，用基尔茨的术语来说，就是"一个并非非典型的引段"，在众多本地细节组成的拼图所呈现出的全球画面之后，转喻般地提出了一幅更大的图景。庞德诗歌的一个非凡的特质和成就，就是在遥远的现场和久远的时间之间，众多细节在连续、同时的快速呈现中绘制了一幅图画，格林布拉特将这个图画称为"文化移动性"（cultural mobility）。而这个概念的背后，则是一个由约翰·戈特弗里德·冯·赫尔德（Johann Gottfried von Herder）提出的、庞德和新历史主义者都深受其影响的人类学理论。

正如盖拉格和格林布拉特所述，新历史主义的理论来源，除了奥尔巴赫的"模仿天赋"，还有赫尔德的"人民"（volk）和"时代精神"（spirit of the times）等概念。赫尔德用"文化"（kultur）一词来表达"一个民族、时代或群体的独特的生活方式"，这个概念后来成为人类学的奠基原则。① 在《新历史主义实践》的引言中，盖拉格和格林布拉特挖掘了赫尔德描述为某一特定时代和国家的"艺术与历史相互交融的精彩画面"，并把这个画面作为新历史主义的灵感来源。在新历史主义者那里，赫尔德的"精彩画面"被重新描述为"某一特定文化的所有书面和视觉线索，均被看成一个彼此相通的符号网络"（*PNH* 7）。这个符号网络，正如我们所知，被格林布拉特称为"文化诗学"（cultural poetics）。

如我另一本书所述，庞德通过德国人类学家里奥·弗罗贝尼乌

---

① Raymond Williams, *Keywords: A Vocabulary of Culture and Society* (New York: Oxford University Press, 1976), 80.

斯（Leo Frobenius）而接受了赫尔德的文化概念。[①] 弗氏所创的术语"根本"（paideuma）则被庞德运用于自己的文化思想体系里。"paideuma"一词来自希腊文，被弗罗贝尼乌斯定义为文化的精髓，类同于赫尔德的"民风精神"（folk spirit）的概念。庞德尤其崇尚弗罗贝尼乌斯捕捉活传统（live tradition）的能力，在这种活传统中，一个文化中所有的鲜活元素仍相互作用。弗罗贝尼乌斯收集非洲民间故事，在庞德看来，可以与孔子编纂中国民谣相类比，而或许也可以和他本人通过翻译对民风精神的再次捕捉相类比。庞德在1938年出版的人类学著作《文化指南》（*Guide to Kulchur*），书名中的关键词"kulchur"有趣地保留了德文和非裔美国方言中的隐含意义。

赫德尔的民风精神的另一面，是他同时又强调文化多样性，坚持要我们用语法中的复数形态来探讨"文化"。按盖拉格与格林布拉特对赫德尔的解读，文明的目的"绝不应该是把人类的多样性缩减成某种单一的优势模式，也不是像竞赛一样给地球上的多种文化排名次"。而了解多种文化的任务"不依赖于对一系列抽象原则的提炼，更不依赖于对某一理论模型的应用，而是依赖于一种与单一性、特殊性以及个体性的邂逅"。盖拉格与格林布拉特认为，这种文化多元性话语与新历史主义背后的冲动和观念产生强烈的共鸣，"对独特性的痴迷，广泛的好奇心，对某种共同美学标准的回绝，以及对树立一个支配一

---

① Yunte Huang, *Transpacific Displacement: Ethnography, Translation, and Intertextual Travel in Twentieth-Century American Literature* (Berkeley and Los Angeles: University of California Press, 2002), 86–92.

切的理论大纲的抵制"（*PNH* 6）。格林布拉特最近一篇文章《种族记忆与文学历史》（Racial Memory and Literary History），更进一步地否定了任何文化传统所拥有的特权，反而提出一个"文化杂交（métissage），全球循环，相互影响和杂交培育"的概念，而这个概念在许多文学作品里体现得十分明显。① 于是我们在这里，得到了对赫德尔的"延伸到大地尽头的文化与启蒙的锁链"的惊鸿一瞥，而这一瞥并不局限于某个特定的时间或地点。也是在这里，我们同样能感觉到庞德的《诗章》作为重写本的活力。

> 我认为，审美客体在某种程度上是由我们对它们的认识构成的，按照这个思路，我们可以把诗歌看成将一系列细节串联起来而构造了一个世界：诗歌里，我们从一处到达另一处的途径便是句法与韵律。这就是诗歌所描绘的地图：我们如何从一个细节移动到另一个细节——从一个词素、瞬间或元素到达下一个。一首诗，用杜尚（Duchamp）的短语来说，是一个充满细节或停顿的网络。

> ——查尔斯·伯恩斯坦，《诗学》
> （Charles Bernstein, *A Poetics*）

庞德本人一定会反对我到目前为止的尝试，因为我企图将他的

---

① Stephen Greenblatt, "Racial Memory and Literary History." *PMLA* 116. 1 (January 2001), 59.

诗歌与诗学理论和新历史主义者的批评论著相比较 。"你不会在锤子或者割草机上睡觉，"庞德在《阅读ABC》中揶揄道，"你也不会用一个软床垫去敲钉子。为何人们要一直用同样的批评标准，去评价那些如同割草机和床垫一样在目的和效果上完全不同的作品呢！床垫制作者和莱诺排字机生产者各有各的技法。而同一个建造技巧则可以既被用于生产床架，也可以用来制造汽车。"① 他甚至可能按维特根斯坦的方式来一口咬定，他的诗歌作品意在描述，比如说，描述一个文化的运作方式，而新历史主义者则意图解释这个运作方式；因此他的方法是文学性的，而新历史主义者的则是反文学性的。恰恰与此相反，新历史主义者则认为是他们提出了美学与意识形态的相互印刻，这种印刻是一个被术语"文化诗学"所概括了的文学与非文学的混合体。我并不打算解决二者在这个问题上的分歧。通过提出这个徒有其表的问题："庞德是不是一位新历史主义者？"我反而试图去描述一个类似的方法，通过这个方法，本地细节被用来在庞德与新历史主义者的作品中绘制一幅全球图画，一个诗学的（而不是科学的）、充满错误的、依赖于字面把戏的方法。一首诗，如伯恩斯坦在引文中所言，是一个把本地全球化的完美案例；而一部批评文本，例如新历史主义者的作品，也在那种想要超越本化的渴望里变得鲜活②。但我在一首诗或一个文本的微观宇宙和一个当今世界的宏观宇宙中，进行全球与本地间互通的类比，

---

① Ezra Pound, *ABC of Reading* (New York：New Directions, 1951), 89.

② Charles Bernstein, *A Poetics* (Cambridge：Harvard University Press, 1992), 168.

其目的并非要削减诗歌或者诗学的地位，把它们仅仅看成文化表征。相反，我想借助庞德的诗歌，尤其是他诗歌与诗学内部的冲突，来提示当我们试图将具体的细节理论化，将本地细节全球化的时候，我们很可能会遇到的陷阱。与其说庞德的诗歌将自己展现为一个诠释学解读和文化研究的客体，不如说它是对我们过分解读的一种警告。通过自身的失败，通过整体的分裂，庞德的作品给了我们一个提示，那就是我们想要通过理论批评抵达彼岸的荒谬性。从这个意义上说，除去他们在目的与效果上可能出现的不同，庞德的诗歌与新历史主义者的著作，共同反映了我们当今世界的一种文化诗学。

"谁会抄写这个重写本？"庞德在《诗章》里问道，他的毕生之作收集了世界上数量极其庞大的文本与文化样本。那么，究竟谁能不被牵扯进复制的套路中，并且在不被文本所带给我们的思维模式所影响的情况下，重现文本线索呢？《诗章》无疑是赫尔德所展望的那类诗歌中的一员：通过一个"多元思维的、不同理想的、多种渴望的画廊，跟通过研究政治和军事历史的那种容易误导且乏味的途径相比，我们可以更深入地了解不同的时代和不同的国度"（*PNH* 6）。而至于庞德的问题与挑战，新历史主义者有一个间接的回答，或者更确切地说，一个洪亮的共鸣："我们拥有的是一个壮丽的片段意识，而非一套连贯的故事。"①

（宋昀 译）

---

① Stephen Greenblatt, "Racial Memory and Literary History." *PMLA* 116. 1 (January 2001), 60.

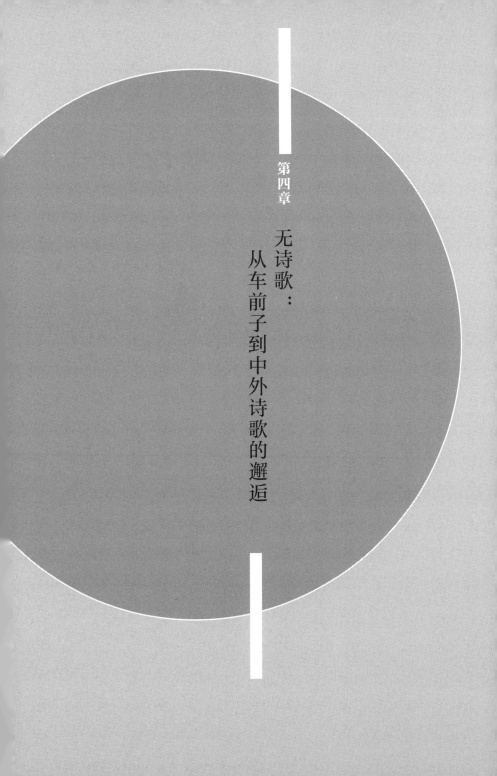

第四章

无诗歌：
从车前子到中外诗歌的邂逅

20 世纪 50 年代，在英语世界里冒出了一位神秘兮兮的唐朝诗人，寒山子。他的诗作被斯耐德（Gary Snyder）、魏理、伯顿·沃森（Burton Watson）等多位诗人、译者译成英文，一时传为佳话。尤其是在 1958 年，当垮掉派的代言人杰克·凯鲁亚克（Jack Kerouac）把自己的小说《达摩流浪者》（*Dharma Bums*）敬献给这位中国禅宗隐士时，寒山的国际声誉可谓登峰造极了。

　　自那以后，英语读者未能再遇到一位像寒山那样别具一格、智睿顿悟、放荡不羁的汉语诗人，直至今天他们读到车前子。车氏之作，富有中国经典的底蕴和美学，也代表着我们传统里的一种先锋实验、脱俗冒险的本能冲动。他的作品充满游戏性、机智、讥讽，既含道家之精髓，又呈达达主义之风骨。美国的现代派诗人威廉斯曾提出"反诗人"的概念，在其最反传统的某一时刻，威廉斯应该会很乐意地称车前子这样的诗人为自己的同道者。

　　车前子，原名顾盼，1963 年出生于中国后花园——苏州。20 世纪 90 年代在南京大学求学期间，他与诗友组建了一个原样派诗社，成员包括周亚平、黄凡（现称黄梵）、一村等人。继以深度象征和晦涩内容著称的朦胧诗之后，这些原样派诗人在创作想象上更是自由放任。他们自称原样派，是因为他们希望回归诗歌的本源：中国文字。他们拒绝把语言当成工具，拒绝把诗歌仅作为表达思想或情感的载体，而致力于在文字本身寻找灵感。爱默生在《诗人》一文里曾说过："语言是诗歌化石……简单的一排词语，对于一个富有想象力和敏感度的人来讲，是充满启示的。"但是，常人是不会把光秃秃的一排字眼看成一首诗，除非你是把尿池当成艺术品的法国画家杜尚，或巴西的具象派诗人哈罗多·德·坎波斯，或原样派诗人车前子。

当然，这并不意味着我们应该以这样的眼光来看待车前子的《编织车间》《左边加一撇》等诗作，即把它们仅看成简单的词语排列。

编 织 车 间

人人人人人人人人人人人人人人人人
人人人人人人人人人人人人人人人人
人人人人人人人人人人人人人人人人
人人人人人人人人人人人人人人人人
人人人人人人人人人人人人人人人人
人人人人人人人人人人人人人人人人
人人人人人人人人人人人人人人人人

左 边 加 一 撇

下下下下下下下下下下
下下下下下下下下
下下下下下下下

下下下下下下
下下下下下
下下下下
下下下
下下
不

止
上上
上上上
上上上上
上上上上上
上上上上上上
上上上上上上上
上上上上上上上上
上上上上上上上上上

　　这两首诗看似简单，赤裸裸如初世的婴儿，但是用费诺洛萨的话来讲，就是"思维物化"（thinking things）。这里"thing"（物体）是作为动词来用。来自美国马萨诸塞州塞勒姆市的费诺罗萨，于19世纪末跨过太平洋来到日本，沉迷于东亚艺术、佛教和中国文字，在20世纪初开了东西方诗歌交融之先河。他在《作为诗歌媒介的汉字》一文里指出，所有的名词在本质上都是动词，从词源、词根上能看出它们如何抓住自然的法则和能量的传递，如电闪雷鸣、惊涛拍岸、微风习习。在这篇对英美现代派诗歌产生了深远影响的文章里，费诺罗萨举了几个汉语句子为例，如"日昇東""農精米"和"人見馬"。在第一个句子里，"日"字一线贯穿主、动、宾，如日轮滚动。第二个句子的动词和宾语都有"米"。而第三个句子里，"人"有双腿，"目"字亦有两腿谓"見"，"馬"则有四蹄，整个句子，宛若动画。难怪著名苏俄影视大师谢尔盖·爱森斯坦（Sergei Eisenstein）读过费诺罗萨的文章之后，大发感叹：汉字是蒙太奇，每个字就是一个充满矛盾冲突的剪影，动态中的一刻。而汉语句子则宛若电影短片，静中有动，动中有静。

同样地，在车前子的诗里，汉字也活了，都成了动词，甚至具有动画、电影语言的特性。比如，这首诗题为《汉字连环画》：

吃　氧化钛　黄色 5 号维他命 C

还有　葡萄干

还有

连环画：

1. 国（玉王躺在大床上，他的腰部，跳跃着一只虱子。）

2. 口（捏死虱子，王离开大床。目前，空荡荡。）

3. 囚（我们爬上大床，成为预想中的逆子。）
这一切汉字都在连环画上。

　　把"口"字当成一个大床或天圆地方之国土，以古代"玉"
"王"同字、南方话里"王""皇"不分为语言机关，诗人勾画出
了从"国"到"口"，又从"口"到"囚"的戏剧性演变，讥讽国
人个个都想自称为王、作茧自缚的逆子二臣的心理。如诗尾一行所
写，"汉字"成了动词。

　　在字母文字的诗歌世界里，以字为中心的作品往往叫作具象诗
（concrete poetry），而美国当代的语言派诗歌（language poetry），
则深受具象诗的影响，故而人们常常把以车前子为首的原样派跟美
国的语言派相比较，也不无道理。具象诗在巴西最为盛行，首推哈
罗多·德·坎波斯的作品，如下面这首诗：

　　　　　　　　　paper　pear
　　　　　　　　　　　paper　pear　paper
　　　　　　　　　　pear　paper　pear
　　　　　　　　　　　　paper　pear

　　英语单词"paper"（纸）里面就隐藏着单词"pear"（梨），只
是字母排列顺序不同而已，诗人通过颜色变化和字母组合，形成了
一个相当于中文的"锤子、剪刀、布"的游戏（英文里是"rock、
paper、scissors"）。又如下面这首葡萄牙语的诗：

　　　　　　　　　　a vida

　　　　　　　　　　comida

　　　　　　　　　　a vida

　　　　　　　　　　bebida

a vida

dormida

a vida

ida

　　译成中文，这诗字面意思是"生活/吃饭/生活/喝酒/生活/睡觉/生活/完了"。诗人利用葡语单词"ida"（完了；死了）做共同词根，把人的日常生活行为都囊括在内，为饮食起居、过眼云烟之人生做了一个风趣的缩写。其实，哈罗多·德·坎波斯在20世纪50年代深受庞德的意象诗影响，深入研究了费诺罗萨对中国文字的分析。故而，现在把哈罗多·德·坎波斯和车前子作比较，也是顺理成章的，就算给世界诗歌交流画上一个小小的圆圈。当然，这个圆圈最好还是让车前子自己来画，他早年曾以"我要画得最圆最圆"的《三原色》一诗著称。在下面这首题为《符：字母产生的联想》的诗里，象形汉字与字母文字合为一体，诗页成了一个道场，让人想起美国诗人奥尔森（Charles Olson）所谓的"场地写作"（field writing）：

　　车前子曾半揶揄、半认真地说："诗接近尖端科学尖端科技，就像研究核武器一样，甚至还需要保密。诗可能就是核武器，这更是比喻。反对核扩散，我也反对诗扩散。反对核讹诈，我也反对诗讹诈——比如说什么诗是文学的精华与神的对话宇宙的真理，人类的良知和灵魂。"戳破这些唱高调的诗学气球后，车前子又建议："我们应该让诗歌还是诗歌，骆驼还是骆驼，不要让诗歌去做拉东西的骆驼。"假如诗歌不是丝绸之路上拉着大篷车、载负着货物、观念，或走私货的骆驼，那么对于车前子来讲，诗歌到底是什么呢？他可能提供的答案，就像一位禅宗大师对"何为道"的问题缄默不语一样，最好体现在车前子的一系列组诗的题目里，《无诗歌》。跟彻底否决的英语的单词 no（不）相异，简体中文的"无"字，繁体为"無"，本意为消失在丛林里的脚印。同样的，"无诗歌"并不意味着没有诗歌，而是对传统诗歌观念的大胆解构，对原旨、原始的不懈追寻，类似于维特根斯坦对哲学的质疑和重建。假如维特根斯坦可称为一个反哲学家，车前子即可谓一名反诗人。

对于车前子作为一位反诗人，美国当代诗人、普利策诗歌奖得主菲罗斯·甘德（Forrest Gander）是这样评价的："车前子的诗作是破坏之举，近乎荒诞，又颇为含蓄。故题为'无诗歌'。对描述和三段论的向往，结结巴巴，成了'流出地狱'的鸡毛蒜皮，或者干脆半途而废；名言警句被连根拔起；口号鸿词成了自我吞噬的冒牌货。这里有一个千虫百兽的王国，有蟋蟀、蚂蚁、蜘蛛、乌鸦、公鸡，和一匹用右眼通过左眼来窥视的马，等等，都喻示着'做人之痛'。看似矛盾，可是车前子的诗并非其表面所示，因为在他的诗里，什么就是什么。"甘德妙语的最后一句话（"Everything ... is just what it is"）颇含禅机，或可用星云大师的话来解释："用慧眼来看，大地万物皆是禅机。未悟道前看山是山，看水是水；悟道后，看山还是山，看水还是水。"能懂这几句话的人，是无法用语言来解释此间真谛，而只能过河拆桥，像车前子一样，作诗发于语言之有，而止于意义之不攻自破。

我们用心灵的眼睛和耳朵在车前子的诗作里寻找的，往往并非那里面存在的东西，而是不在场，抑或现身别处的东西。艾米莉·狄金森（Emily Dickinson）说："我栖居于可能性。"相比之下，车前子往往始于可能，止于不可能。譬如，按照标点符号的使用规则，括弧必须左右一对，如连体婴儿，可是车前子喜欢在作品里以左括弧开始一行或一节诗句，但拒绝用右括弧收尾。但读者在他的作品里发现少了一个标点符号时，不要以为这是笔误或印刷错误，而是诗人别有用心的选择，如下面这首题为《尘缘》的诗：

> 燕子两条腿，
>
> 时常拨开，
>
> 因为中间有一块青天。
>
> （围在燕子四周的，
>
> 是土地。

诗人是这样解释的："我们能够开始写一首诗，就应该算是幸运的了，我们不该傲慢或愚昧地以为自己总是可以把它写完。"车前子不用右括弧、不强求成诗这一举动，让我们可以想起美国诗人罗伯特·弗罗斯特（Robert Frost）的一句话。弗罗斯特曾经坦白地承认诗歌体验的偶然性，他说："一首诗的成败取决于它的运气。"诗歌的运气，也叫机遇写作（chance operation），是一群车前子乐于称之为同道者的诗人都遵循的创作原则，包括法国的斯特凡·马拉美（Stephane Mallarme）、俄国的丹尼尔·卡尔姆（Daniil Kharms）、英国的斯蒂夫·麦卡弗里（Steve McCaffery）、美国的约翰·凯奇（John Cage）、查尔斯·伯恩斯坦、肯尼斯·戈德斯密斯（Kenneth Goldsmith），等等。我们能够设想这样一个跨语言、跨文化的国际团体，是因为这些诗人都执着于非确定性，不惜让诗歌如马拉美说的那样，"孤注一掷"。举两个例子：麦卡弗里曾经应邀在一个城市进行诗歌朗诵会时，把那个地方的电话簿从头到尾念了一遍；查尔斯·伯恩斯坦在一所大学讲堂朗诵诗歌时，曾经大声念了他背后挂着的化学元素表。类似的，车前子也曾经在北京的一次十四行诗朗诵比赛上，以把同一行诗重复了十四次而夺冠：

经典的爱情故事
——十四行诗一首

火车开来一个人按住帽子雨落下

火车开来一个人按住帽子雨落下

火车开来一个人按住帽子雨落下

火车开来一个人按住帽子雨落下

火车开来一个人按住帽子雨落下

火车开来一个人按住帽子雨落下

火车开来一个人按住帽子雨落下

火车开来一个人按住帽子雨落下

火车开来一个人按住帽子雨落下

火车开来一个人按住帽子雨落下

火车开来一个人按住帽子雨落下

火车开来一个人按住帽子雨落下

火车开来一个人按住帽子雨落下

火车开来一个人按住帽子雨落下

　　寻找诗歌，我们必须先要放弃我们已经找到的。寻找意义，我们必须像日本人一样，去闻香（听香），听那袅袅之烟在空中留下的声外之音。寒山诗云："我笑你作诗，如盲徒咏日。"既然本章以寒山起笔，那么就引其诗权作收笔，以完成从寒山子到车前子、从道家到达达主义的转世大轮：

泉中且无月，

月自在青天。

吟此一曲歌，

歌终不是禅。

第五章

简·爱：
翻译与诗意的命运

为了把握夏洛蒂·勃朗特（Charlott Bronte）的《简·爱》（*Jane Eyre*）在中文中的诗意命运，也为了探求此英文名著在中文翻译中获得巨大成功的缘由，让我们从一些数据和事实谈起。

1925 年，中国第一部《简·爱》译本问世，名曰《重光记》。这是一本缩略本，译者周瘦鹃。周氏将大约 40 万英文单词的原文删减成不足九千汉字的译文。而在十年之后的 1935 年，由伍光建翻译的较长删节版则使用了《孤女飘零记》的书名出版。同年 8 月，由李霁野翻译的完整译本开始连载于一本杂志上，并最终于 1936 年 9 月出版成书。李氏的版本名为《简爱自传》。

在这段时间里中国经历了新文化运动。众所周知，新文化运动号召当时的民众去除旧思想，拥抱新观点和新文化实践。《简·爱》则因其中直白的自由恋爱表达，和看似为对"新女性"形象的刻画，而受到读者的热烈欢迎。正如亨利克·易卜生（Henrik Ibsen）的戏剧《玩偶之家》中的女主人公娜拉一样，简·爱也被当作一个女性主义的象征，在当时的中国广为流传。

但在 1949 年中华人民共和国成立之后，《简·爱》在大陆几乎被列为禁书，也就未有新的译本出现。它被认为是小资产阶级情调的一种表达，与当时中国政府所提倡的革命精神并不一致。正如毛泽东 1961 年所写的诗词《为女民兵题照》所反映，在这一时期被偶像化的"新女性"并不是一个穿着"红装"的淑女，而是一个近乎双性同体的、只爱"武装"的无产阶级革命女战士形象：

为女民兵题照

飒爽英姿五尺枪，

曙光初照演兵场。

中华儿女多奇志，

不爱红装爱武装。①

　　在中国台湾，新的《简·爱》汉语译本在1950年代至1970年代一直不断涌现。

　　1980年代，当西方文学、哲学、宗教以及其他主题的翻译已经在中国市场上形成了一场"文化热"的时候，多个《简·爱》中文版本的问世满足了中国读者日益增长的渴求。事实上，"文革"后的第一部《简·爱》完整译本由祝庆英译成并于1988年出版，据称销售量超过300万本。自此以后，有包括全译版、缩略版、改编版、注释版以及双语版在内，远超过100种的中文版本先后问世。

一、专有名词

　　　　一个名词是一个物体的名称，那么当一个事物被命名了之

①　毛泽东：《毛主席诗词三十七首》，文物出版社1964年版，第17页。

后，为什么还要来谈论它。名称有恰当或者不恰当的。如果它恰当，为何还要一直提它，如果不恰当，那么用的不同名称来指代同一事物也无济于事。

——格特鲁德·斯泰因，《诗歌与语法》
（Gertrude Stein，"Poetry & Grammar"）

回首《简·爱》中文翻译的兴衰，我想斗胆提出一个论断：《简·爱》的风行得益于中文译者对专有名词的创造性使用。

与所见引言中格特鲁德·斯泰因对名词以及专有名词的质疑相反，人们还有一个截然不同的态度来看待对事物的命名。比如，埃兹拉·庞德喜欢引用《论语》中的一段对话。子路问孔子道："卫君待子而为政，子将奚先？"圣人答曰："必也正名乎。"此处的概念"正名"通常被理解为"正确的命名""精准的定义"或者"命名具体化"。这个概念包含了儒家的核心思想："名不正，则言不顺；言不顺，则事不成。"孔子在《论语》里进一步说道："故君子名之必可言也，言之必可行也。君子于其言，无所苟而已矣。"

借着对"正名"概念的思考之便，我们来审视《简·爱》中文翻译中对某些姓名或专有名词的处理。实际上，自 1936 年李霁野的首部全译本起，此作品的中文书名便一直是：简·爱。"简"字，为英文"Jane"的音译，有简单之意。"爱"字，与"Eyre"同音，意为爱恋。所以，此中文书名，不仅读音与英文原文相似，语义上更深有含义："简单的爱恋"。在此小说的许多中文译本里，"Jane Eyre"直接被称为"爱小姐"。一个如此富有诗意的书名，再加上女主人公情意绵绵的绰号，无疑大大增加了此书对那些正寻找浪漫故事的中国读者的吸引力。

由李霁野所普及的"简·爱"品牌广为流传，但可能一次失败了的翻译是唯一一个例外，而这个失败也凸显了专有名词的巨大作用。2017年上海图书馆发现了一部出自茅盾之手，大约于1935年前后尝试的《简·爱》译稿，也正是那时，李霁野已经完成了他的版本并在寻找出版社。这本绿皮笔记本里，有16页茅盾翻译的《简·爱》的前三章。最值得我们注意的，是这位中国现代伟大的作家茅盾将书名翻成了"珍雅儿"。诚然这个译法并不太糟，它既再现了英文的声韵又给名字增加了字义上的雅致，"珍""雅""儿"都是很可爱的字眼，但比起那令人拍案叫绝的"简·爱"还是逊色许多。实际上，"简·爱"这个标签在文坛太受人欢迎，知名度太高，以至于茅盾的手稿在1996年由其子捐赠给上海图书馆后的20多年间，都未引起注意。原谅我一语双关，这可能是因为茅盾译文所采纳的专有名词的"知名度"实在不高。

我并非主张把这部小说在中国的畅销完全归功于"Jane Eyre"的译名"简·爱"。打个可能不太恰当的比方，一部色情小说，即便拥有最勾引人的标题和让人想入非非的人名，也需要具有一本畅销作品的必备要素才能获得成功。但当一个文学或文化产物跨越了语言的国界，在换名的过程中既创造了机遇也埋设了陷阱，而我们在这时绝不能轻视命名或者译名的巨大作用。

除去上文提到的儒家概念"正名"中的学术价值，商品的命名对其能否成功的重要性更是不言而喻。众多商业品牌英文名称如

Coca-Cola（可口可乐）、Kodak（柯达）、PowerBook（苹果笔记本电脑）及 Blackberry（黑莓），都有诗歌一般的吸引力。这些名字充分反映了一种语音象征（sound symbolism）现象，即语音可以独立于字意而传递信息。因此，在发布新品之时，品牌名往往是决定了商家成败的无形资产。例如，福特汽车公司于 1957 年咨询了诗人玛丽安·穆尔（Marianne Moore），准备为一款新设计制造的中档价位汽车取名字。穆尔本着福特公司"通过联想或其他巧妙变幻，表达某种优雅、迅捷、高档设计特色的震撼感觉"的要求，提供了一系列名字，包括"聪明子弹（Intelligent Bullet）、乌托邦乌龟壳（Utopian Turtletop）、子弹景泰蓝（Bullet Cloisone）、黏土逻辑程序（Pastelogram）、猫鼬公民（Mongoose Civique）和轻快行板（Andante con Moto）"。然而，由于意见相左，福特的主管最终还是用了亨利·福特的儿子艾德赛尔（Edsel）的名字来命名这款车。尽管福特公司在广告与营销耗资达到史无前例的 5 000 万美元，艾德赛尔却成了一个壮观的商业滑铁卢，而这款车名也变成了失败的同义词。①

　　相比而言，巧妙的命名则能改变一个产品（不论文学还是其他）的命运。试想一下，如果弗朗西斯·斯科特·菲茨杰拉德（Francis Scott Fitzgerald）的《了不起的盖茨比》（*The Great Gatsby*），采纳其原题《西艾格的特里马桥》（*Trimalchio in West*

---

① John Colapinto, "Famous Names：Does It Matter What a Product Is Called?" *The New Yorker*（October 3, 2011）, 39.

Egg），或者，简·奥斯汀（Jane Austen）的《傲慢与偏见》（*Pride and Prejudice*）如果变成了作家早先构思的题目《最初印象》（*First Impressions*），能否依然成功？与此类似，巴塔哥尼亚齿鱼（Patagonian toothfish）在改名变成智利海贝斯（Chilean sea bass）后大受食客欢迎，而黏液头鱼（slimehead）也在改名为红罗非鱼（orange roughy）后重获新生，还有油菜花种子油（rapeseed oil）改名成了卡诺拉菜籽油（canola）。①

　　我们的关注重点当然不在于如何通过字词让产品更畅销，而是在于字词如何在翻译中让产品变得更易于被市场接受。全球化时代下的经验法则是，理想的名称必须能用于多语种环境。约翰·卡拉品托（John Colapinto）在他的文章《著名的名字》（Famous Names）中谈到，这个(命名)行业充斥着数不胜数的因跨越语言而闹出的笑话，例如日本的 Creap（与英文爬行同音）咖啡伴侣、西班牙的 Bum（西班牙文本意为兴旺，英文则为流浪汉）炸土豆片，还有雪佛兰的 Nova 汽车在西班牙文中意为"走不动"（no go）。② 而这个行业也充满了跨语言品牌塑造的成功案例，比如 Coca-Cola 的中文译名是可口可乐，Starbucks 则是星巴克，甚至孙中山都对亚伯拉罕·林肯的名句"of the people, by the people, for the people"进行挪用和提炼后译成"三民主义"。

　　文学译作中也有类似例子，如赛珍珠（Pearl S. Buck）的小说

---

① John Colapinto, "Famous Names: Does It Matter What a Product Is Called?" *The New Yorker*（October 3, 2011），41.
② 同上书，39。

《大地》（*The Good Earth*）的原名是《王龙》（*Wang Lung*），即主角的名字。她的出版人及未来的丈夫理查德·沃尔什，非常明智地劝说她，如果一本书的名字听起来像"一片肺"（one lung），那不会有任何英语读者对其感兴趣。① 尽管"王龙"这个中文名字在我们听起来十分威严又吉利，但是跨过语言的国界，它的语义价值会被它英语的谐音"一片肺"严重削弱。

斟酌后的书名"大地"毫无疑问地凸显了作品的中心叙事，即土地财富和一个中国农民的起落。1931 年问世，一部以《大地》命名的小说对当时正挣扎在经济大萧条与黑色沙尘暴的困境中的美国，自然是十分具有吸引力的。此外，题名中的"土地"又与小说女主人公"O-Lan"（O Land）相呼应，而"O-Lan"本身也可看出与薇拉·凯瑟（Willa Cather）的小说《啊，拓荒者!》（*O Pioneers!*）有一定联系。保守看来，"大地"这个书名最起码避开了"Wang Lung"可能造成的多语混听的糟糕后果。

"Jane Eyre"译成"简·爱"，或者"Eyre"译成"爱"，也同样是多语混听的范例，只是此例获得了它意图达到的效果。同样，在下一部分里我们会讨论出自周瘦鹃的第一个《简·爱》译本，其中也包含了许多例证，均反映了译者试图挖掘专有名词中的混听（mishearing）、双听（double hearing）、回声（reverberations）以及声学双关语（acoustic puns）的巨大潜力。

---

① Peter J. Cohn, *Pearl S. Buck: A Cultural Biography*（New York：Cambridge University Press, 1996），165.

二、不妥的专有名词：鸳鸯与蝴蝶

周瘦鹃是鸳鸯蝴蝶派的代表作家之一，此派作品以浪漫爱情、武侠故事、闲言詈语以及公案秘闻为主要题材。在中国的传统文化中，鸳鸯与蝴蝶都是爱情和终身厮守的象征。周作为一个多产的作家，曾翻译过夏洛蒂·勃朗特、丹尼尔·笛福（Daniel Defoe）、查尔斯·狄更斯、马克·吐温、华盛顿·欧文、哈里特·比彻·斯托（Harriel Beecher Stowe）以及其他很多作家的作品。

周的《简·爱》译本出版在《心弦》一书中，这是一本他本人翻译的外国爱情小说合集，包括塞缪尔·理查逊（Samuel Richardson）的《克拉丽莎》（*Clarissa*）、纳撒尼尔·霍桑的《红字》（*The Scarlet Letter*）、普罗斯佩·梅里美（Prosper Merimee）的《卡门》（*Carmen*）、查尔斯·里德（Charles Reede）的《细爱长留》（*Love me little, Love me Long*）和其他译作。在他的《简·爱》译本中，周将原文缩减为不足九千汉字，将其变成了一部类似于鸳鸯蝴蝶派的短篇爱情小说。题名《重光记》揭示了罗切斯特先生（Mr. Rochester）在小说结尾重新恢复了视力，并一共分为四个章回：怪笑声、情脉脉、疯妇人和爱之果。①

在此我不会深入讨论周译的具体细节，只想探讨周在处理专有名词时所采取的策略，这些策略都旨在将《简·爱》重塑为一篇有

---

① 周瘦鹃：《心弦》，大东书局 1925 年版，第 1—24 页。

鸳鸯蝴蝶派特色的爱情故事。首先，周把作家的名字"Charlotte Brontë"译为嘉绿白朗蝶。其次，他对"Jane Eyre"的处理也值得注意：嫣痕伊尔。"Jane"的中文对应名嫣痕，字面义为"美丽痕迹"，而"痕"字又正是鸳鸯蝴蝶派甚至是中国古典作家的小说和诗歌中最受青睐的常用词，它常和"泪"或"爱"搭配，又是"恨"的同音异形字。周这种对专有名词的重塑，连同其译本对原著内容的压缩，在《简·爱》中文版的首发之时，便给它在中国的解读制定了框架。正如一位中国学者指出，"周瘦鹃是有意为《简·爱》贴上'言情'标签"。① 但是在日后，当主流意识形态转而攻击鸳鸯蝴蝶派之类的文学流派时，这样一个标签，或者可称之为"胎记"，其实是为这部小说挖掘了坟墓。

三、代词

"代词并没有名词那么糟糕，因为首先它们实际上不能搭配形容词。单凭这点它们便胜过了名词……它们其实并不是任何事物的名字。它们指代某人而又不是其名称。不担任任何人或物的名字，代词相比起名词，便已经有了更多的成为某事物的可能……至少选择性甚至变换性是存在的。"

——格特鲁德·斯泰因，《诗歌与语法》

① 李今：《周瘦鹃对〈简·爱〉的言情化改写及其言情观》，《文学评论》2013年第1期，第70页。

鉴于格特鲁德·斯泰因对代词灵活性的青睐，她可能会反感中国20世纪初发生在代词身上的故事。那时的中国，用来区别性别和其他分类的新代词正被逐渐发明并使用，此举降低了选择与变通，因此也减少了挣脱固定标签的机会（身份、性别、性向、种族，等等）。值得注意的是，斯泰因作为一个犹太女同性恋者生活在战争时代的欧洲，她对代词的敏感与这种经历有很强的关联。但在数千年的古汉语中，第三人称代词是不分性别的，"他"字笼统地用于所有第三人称，不分性别和物种，可以用来指代男人、女人或者非人的生物。

从19世纪至20世纪初叶，在与西方文化和语言的相遇中，中国文人开始重新思考他们数千年的语言习惯。最早的两个实例均出现在语法书上。1823年，在第一本中文撰写的英语语法书《英国文语凡例传》中，著名的英国苏格兰新教传教士马礼逊牧师将 he译为"他男"，she 译为"他女"，而 it 则译为"他物"。按照同一思路，他把 his、her 和 its 对应地翻译成"他男的""他女的"和"该物的"。到了1878年，郭赞生在他的一本英语语法书的中文译本《文法初阶》中，挪用了一个经典的"伊"字，并将它作为英语代词 she 的汉语对应词。

最终发明了新代词的人则是我们所熟悉的作家及语言学家刘半农（1891—1934），他在1917年想出了用传统的"他"来代表男性而"她"则用来指称女性。在周作人的宣传下，刘的提议后来被其他人所完善，"它"与"牠"用来指非人生物，而"祂"则用来特指神灵之物。学界一般公认，在下文所引的刘半农创作于1920年诗歌里，他首次使用女性代词"她"：

教我如何不想她

天上飘着些微云，

地上吹着些微风，

啊……

微风吹动了我的头发，

教我如何不想她？

如我们所知，刘的新代词引发了一场大风暴，众多精英学者纷纷加入论战，争辩这种性别代词之利弊。支持者提倡新造字的实用性，尤其当其被应用于外语作品翻译的时候，而来自不同意识形态阵营的批评者，则提出了种种不同理由的反对意见。文化保守派欲保留中国语言的习惯，将新字词形容为一种"削足适履"的典型。令人出乎意料的是，女性主义阵营也提出了反对意见。按照她们的阐释，如果女性权力的核心是性别平等与性别融合，让女性参与社会竞争从而获得原来只属于男性的社会角色，那么使用这样的特定性别代词只会适得其反。一本女性杂志的一篇社论指出，原先的笼统代词"他"是人字旁，仅使用女字旁的"她"来指代女性，似乎剥夺了她们的人权甚至人性。更有一位评论家提出，汉字中原本已经有许多贬义词采用女字旁作为部首，如"奸、嫉、妒、奴"，再加入一个女字旁的新词，更是雪上加霜。[1]

---

[1] 朗博：《为了一个汉字》，《世界华人周刊》2018年10月23日。https://user.guancha.cn/main/content?d=47489.

即使有反对意见，这些新代词的便利性仍极其明显。特别是当中华人民共和国成立以后，政府推动了一系列的语言文字改革，将汉语从拼写到语法的各个方面都进行了系统化。三个第三人称的代词被标准化："他"表男性，"她"指女性，而"它"则代其他生物。到此，现代汉语里的第三人称代词规格化，终成定局。

鉴于这些代词在中国错综复杂的历史，我想通过比较《简·爱》中一段的数个译本，来考察第三人称代词，尤其是"她"与"它"的使用。读过这部小说的人都应该可以认出罗切斯特先生和简的如下对话，其间她回忆起一段与罗氏的疯太太伯莎·梅森（Bertha Mason）的怪异相遇，此段对话的一个富有活力的主旋律，用桑德拉·吉尔伯特（Sandra M. Gilbert）和苏珊·古芭（Susan Gubar）的话来说，即"简与伯莎的相似相同"①：

> Shall I tell you of what it reminded me?
>
> You may.
>
> Of the foul German spectre—the Vampyre.
>
> Ah? —What did it do?
>
> Sir, it removed my veil from its gaunt head, rent it in
>
> two parts, and flinching both on the floor, trampled on them.
>
> Afterwards?

① Sandra M. Gilbert and Susan Gubar, *The Madwoman in the Attic: The Woman Writer and the Nineteenth-Century Literary Imagination* (New Haven: Yale University Press, 1979), 360.

It drew aside the window-curtain and looked out: perhaps
it saw dawn approaching, for, taking the candle, it retreated
to the door. Just at my bedside the figure stopped: the fiery
eye glared upon me—she thrust up her candle close to my
face, and extinguished it under my eyes. I was aware her lurid
visage flamed over mine, and I lost consciousness: for the
second time in my life—only the second time—I became
insensible from terror.①

在这段目前已被视为经典的解读中，吉尔伯特和古芭将"阁楼里
的疯女人"与女主人公联系了起来，并把伯莎称为"简最真实也
最黑暗的替身"。两位女性主义批评家将此片段文字视为"小说
的核心矛盾"之所在，简遭遇了"她被禁锢在内心深处的'渴
望、反叛与愤怒'，一场自我与灵魂之间的秘密对话，这对话决
定了一切……小说的情节、罗切斯特的命运以及简的成长，都受
制于它"②。

鉴于这段心理描写艺术价值极高，所以研究简在描述 spectre
（幽灵）与 Vampyre（吸血鬼）时的代词变换就显得十分有必要了，

① Charlotte Brontë, *Jane Eyre*, edited by Richard J. Dunn (New York: W. W.
Norton, 1987), 249-250.
② Sandra M. Gilbert and Susan Gubar, *The Madwoman in the Attic: The Woman
Writer and the Nineteenth-Century Literary Imagination* (New Haven: Yale
University Press, 1979), 339, 360.

仍用吉尔伯特和古芭的话来说，这二者其实是"她隐藏的自我"①。如所引上文，简在对话开始时用 it（它）来形容进入她卧室的身影："of what it reminded me"（它让我想起了）"it removed my veil"（它掀起了我的面纱）"It drew aside the window-curtain"（它将窗帘拉开到一边），等等。随后她转换成了女性第三人称代词 she（她）和 her（她的）："she thrust up her candle"（她拿着蜡烛刺向）与"her lurid visage"（她令人毛骨悚然的面孔）。这个转换，或者说含混，建立在此恐怖身影的或人或兽形态之间，凸显了简的双重人格；简认识到这个身影不单单是一个邪恶的他者，同时也是她那反叛、愤怒甚至野蛮的自我。

译文能否敏锐地将此段英文代词的微妙变换传达给读者，可以帮助我们评判译者是否理解了此心理活动的作用。值得注意的是，如果没有新代词的出现，中文译者在处理原文时，此段的代词变化翻译将会十分棘手。但对部分译者来说，尽管新代词已可使用，他们仍未能将原文的神韵传达给读者，对此我们会在下文具体讨论。

为了便于对比，我将原英文的一系列代词排成如下：

It—it—it—she—her—her

然后再对比各版本的译文。

值得注意的是，在 1925 年的首个中文译本中，周瘦鹃这位著

---

① Sandra M. Gilbert and Susan Gubar, *The Madwoman in the Attic: The Woman Writer and the Nineteenth-Century Literary Imagination* (New Haven: Yale University Press, 1979), 348.

名的鸳鸯蝴蝶派作家抵制了新代词，自始至终均使用了古典中文代词"伊"作为女性第三人称代词。由于删减严重，周的版本并未涉及以上段落。

与周不同，伍光建在他 1935 年的译本中则采用了新代词"她"，但并没有使用另一新代词"它"来突出原文的变换效果：

> 她拉开窗帘往外看：也许她看见天破晓了，拿了蜡烛，向房门走。走过我的床边，站住脚，她两只冒火的眼瞪住看我——把蜡烛凑近我的脸，就在我眼前，把烛吹灭了。我觉得她的冒火眼照住我的眼，我就不省人事。

伍忽略了原文的代词转换，并从头至尾使用第三人称代词"她"：她——她——她——她的，如果译回英文的话便是：she—she—her—her。另外值得一提的是，原文中的 figure 一词包含了或人或兽的两重性，而原句"Just at my bedside the figure stopped"正是叙述者从使用"it"变为"she"的转换处。由于伍忽略了代词转换，他在对原文重建时便也忽略了对"figure"一词的翻译，将此句处理为"走过我的床边，站住脚，她两只冒火的眼瞪住看我"[1]。

与伍译不同，李霁野在他 1936 年的首本《简爱》全译本中，采用了新造的代词"她"与"它"，从而保留了原文的文字效果，而

---

[1]　伍光建译：《孤女飘零记》，商务印书馆 1935 年版，第 424 页。

"figure"一词也得以保留：

> 它把窗帘拉到一旁，向外看：或许它看到黎明快到
> 了，因为，它拿着蜡烛，退到门那里。正在我床边，这形
> 体站住了。火般眼睛闪视着我——她把蜡烛伸到我脸跟
> 前，给我看着吹熄了。我觉得她的青白的脸面在我的脸上
> 发着光，于是我晕过去了。

李所用代词的词列为：它——它——它——她——她的，译回
英文即为 it—it—it—she—her。同时他将"figure"译为"形体"，
对应保留了原英文的双重性与不固定性。①

将历史快进数十年，"文革"结束后，我们在很短的时间内目
睹了一大批《简·爱》中文译本的涌现，而译者们对重要代词的处
理各不相同。吴钧燮在他 1990 年的译本中采用了前辈李霁野所建
构的代词策略：

> 它拉开窗帘，望望外面，也许它发现天快黎明了，因
> 为它拿起蜡烛，朝门口走去。正走到我床边，这个人影停
> 住了。火一样的目光瞪着我，——她猛地把蜡烛一直伸到
> 我的脸跟前，就在我的眼皮底下把它吹灭了。我感觉到她
> 那张可怕的鬼脸在我的脸上面闪闪发光，我昏了过去。

---

① 李霁野译：《简爱》，陕西人民出版社 1982 年版，第 348 页。

吴所使用的代词词列为：它——它——它——她——她，回译至英文是 it—it—it—she—her。但吴译与李译的此处区别在于，吴将"figure"译为"人影"，失去了含混性。①

同时期出自黄源深的译本出版于 1993 年，译者也保留了代词的文字效果，但去除了"figure"一词传递的含混性，表述与吴译相反：

> 它拉开窗帘，往外张望。也许它看到已近拂晓，便拿着蜡烛朝房门退去。正好路过我床边时，鬼影停了下来。火一般的目光向我射来，她把蜡烛举起来靠我的脸，在我眼皮底下把它吹灭了。我感到她白煞煞的脸朝我闪着光，我昏了过去。

对照译文，黄译的代词列为：它——它——她——她。同时，他将"figure"译为"鬼影"，与吴译的"人影"效果雷同，黄译也压缩了原英文或人或鬼的含混空间。②

最为大胆的译本则是宋兆霖 2005 年的版本，他整段译文均采用了非人生物代词"它"：

> 它拉开窗帘，朝外面看了看，也许是它看到天快要亮

---

① 吴钧燮译：《简·爱》，人民文学出版社 1990 年版，第 381 页。
② 黄源深译：《简·爱》，译林出版社 2016 年版，第 284 页。

了，因为它拿起蜡烛，朝门口退去。正走到我床边，那身
影停了下来，一双火红的眼睛恶狠狠直朝我瞪着。它猛地
把蜡烛举到我面前，在我的眼皮底下把它吹灭了。我感到
它那张可怕的脸在我的脸上方闪出微光，我失去了知觉。

这里的代词词列为：它——它——它——它——它——它，回
译为英文则是 it—it—it—it—it—it。宋的译本完全舍弃了代词转换
效果，与伍光建 1935 年译本类似，伍译仅使用了代词"她"，而宋
译则一致使用代词"它"。不过与伍不同，宋译在这里将"figure"
一词译为"身影"，应可算作此段译文亮点。①

总体来说，1988 年祝庆英的译本呈现了最为合理的代词转换及
相关处理手法，而此译本的销量也达到了惊人的 300 万册。祝译此
段为：

它拉开窗帘，朝外边看看；也许它看到了黎明来临，
因为它拿起蜡烛退到门口去。这个身影就在我床边停了下
来；火一样的眼睛瞪着我——她把蜡烛猛地伸到我前面，
让我看着她把它吹熄。我感觉到她那灰黄的脸在我的脸上
方闪出微光，我失去了知觉。

这里代词词列为：它——它——它——她——她——她，回

---

① 宋兆霖译：《简·爱》，上海文艺出版社 2007 年版，第 305 页。

译英文则是，it—it—it—she—her—her。同时与后来宋译相同，她将"figure"一词，译为"身影"①。

李的首译本问世后的半个世纪里，中国的跌宕经历或如"文革"一般惊心动魄，或如新造代词一般看似微不足道。我们最终见到了祝庆英这样的译本，一部诗意再现了 Jane Eyre 或者"简·爱"坎坷历程的译本。但正如此文所论，这本深受喜爱的小说并非简单的爱情故事，同样不简单的还有这本书的中文翻译之路。

（宋昀 译）

---

① 祝庆英译：《简·爱》，上海译文出版社 1988 年版，第 372 页。

第六章

叙事与抒情：
高罗佩与中国公案小说的再创造

荷兰汉学家、小说家高罗佩（Robert Hans von Gulik），是懂得十余种语言的博学之士，深耕于中国文化的多个领域且有专著出版。从博士论文研究"拜马教"开始，高罗佩出版的专著涉及中国古琴、砚台、秘戏图、情色艺术、性史、收藏、法理与侦破手册以及长臂猿等诸多方面。正如我们下面将看到的，他在这些领域内深湛而广博的知识极大地丰富了其小说创作。

虽然狄公案系列小说的缘起尽人皆知，这里无需赘言，但他首次涉足狄公案时所作的引言却值得我们仔细探究，因为这篇引言为我们提供了一幅蓝图，而这幅蓝图有助于我们评价这位荷兰人对中国文学类型的再发明（reinvention）。1949年，高罗佩出版了《狄公案：狄公所破三件谋杀案》（*Dee Goong An: Three Murder Cases Solved by Judge Dee*），该书翻译自一部18世纪作者已佚的长篇小说《武则天四大奇案》。实际上，高罗佩并没有完整翻译此书，他认为前半部分更符合西方读者对侦探小说的理解，故此只翻译了前半部分。高罗佩认为中文原著的第二部分"西方读者难以接受"。在《译者序》中，他确立了中国侦探小说不同于西方的五个主要特征，并以此来解释自己为什么决定这样剪裁：

第一，悬疑元素缺失，不同于西方罪案侦探小说读者从头到尾都需要猜测罪犯的身份，中国公案小说"一般而言，在书的开头罪犯已经被正式介绍给读者，包括罪犯的全名、过往经历及犯罪动机。就像观棋一样，在阅读公案小说时中国人希望从中获得纯粹的智力享受；所有要素均为已知，刺激之处在于紧跟办案者的每一步行动和罪犯所采取的对应措施，直到在游戏终局，而与之相伴的则是罪犯命定的失败"。

第二，与西方侦探小说基于现实主义原则不同，"中国人天生热爱超自然主义。鬼怪神灵可以在大多数公案小说中自由出没，动物与厨具可以在庭上提供证词，而且办案者偶尔也会放肆而为，冒险到阴间与地狱判官交换意见"。

第三，中华民族是一个"对细节有着浓厚兴趣"的民族。因此，他们的公案小说"以宽泛的叙事脉络写就，其中夹杂着冗长的诗歌，离题的哲学思考，而且所有与案件有关的官方文件均被全文收录"。

第四，"中国人既对人名有着惊人的记忆力，又对家庭关系有着第六感"。一部典型的西方罪案小说通常只有十来个主要人物，"中国读者希望他们的小说人物众多，所以一部长篇小说的人物名录中往往有着两百甚至两百以上的人物"。

第五，"公案小说中什么应当描写，什么最好留给读者去想象，中国人有着截然不同的观点。我们虽然执着于了解罪案如何实施的微小细节，但对最后惩罚罪犯的细节却并不感兴趣……但是中国人却期待对如何处决罪犯，及其每个可怖细节都能如实描述。中国作家经常额外奉送一点东西——对一个不幸罪犯被处决后，在阴间受到的惩罚作出完整描述。这样的结尾对于满足中国人的正义感很有必要，但却会得罪西方读者”①。

　　总而言之，高罗佩在中国公案小说中发现了五种“缺点”：悬念的缺少、超自然元素的入侵、叙述离题的倾向、人物数量众多以及可怖的惩罚细节。

　　然而有趣的是，当我们仔细观察高罗佩在 1949 年翻译完《狄公案》后所著的各种狄公案小说，就会发现实际上他将上面所说的许多特点写入了他自己的创作/再创作中。也许就如他在 1958 年美国出版的《铜钟案》的前言中所承认的那样，“这一系列小说旨在向读者展示具有中国特色的侦探小说，即公案小说风格”。由于他试图“呈现中国式的侦探小说”，且给办案者穿上“真正的中国服装”，他似乎有理由保留那些他所认为的不适合西方读者的特色，但他还是巧妙地在两种传统间达成了艺术上的妥协。② 因此他创作的大量作品是担得起“世界文学”这个名头的。将译者序作为一幅蓝图，我们可以勾勒出高罗佩再造中国公案小说的矩阵图，尤其是在超自然元素、酷刑与正义、性、插图等方面，当然其中最重要的还是叙事艺术。

---

① Robert Hans van Gulik, *Celebrated Cases of Judge Dee* (*Dee Goong An*): *An Authentic Eighteenth-Century Detective Novel* (New York: Dover Publishing, 1976), ii - iv.

② Robert Hans van Gulik, *The Chinese Bell Murders* (New York: Harper and Row, 1983), vii.

一、超自然元素

在高罗佩所认定的中国公案小说五个特点中，他认为超自然元素的存在对西方读者的审美最成问题。高罗佩在其译作《武则天四大奇案》中首次提出这个问题。作为一位有义务忠实翻译文本的译者，高罗佩不能过度改变原文，于是他保留了小说中两种超自然元素的情形。"第一种情形是当一个人被谋害致死时，其魂魄在坟墓附近显灵。即便在西方国家也存在着一种普遍的信念，当一个人被残害致死时，他的灵魂会留在尸身附近，而且会以某种方式被人感知。第二种情形是当办案者同时被两宗案件困扰而极度忧心时，就会有梦境降临。梦境会证实办案者的怀疑，使得他能够洞察某些已知因素的正确关系。"高罗佩进一步为此辩护，坚称"这两种情形并非绝然不能接受，因为它们涉及一种在西方通灵学文献中被经常讨论的现象。而且，这两者都不是解决罪案的决定性因素，因为它们仅仅是证实了办案者之前的推断，并激发他尽力去分析案件"。因此，这些超自然元素对于熟悉"梦的解析"的西方读者是完全可以接受的。①

此后，作为一位创作者，当高罗佩试着为西方读者写一部中国式小说时，他在处理超自然元素时有了更多回旋空间。作为人物角色，狄公在由迷信、鬼魂和其他超自然存在所主导的世界中流传。

---

① Robert Hans van Gulik, *Celebrated Cases of Judge Dee（Dee Goong An）: An Authentic Eighteenth-Century Detective Novel*（New York：Dover Publishing, 1976），vi.

作为官员和办案者，狄公则需要保持冷静理智的头脑。在小说中这种神秘与理智之间的微妙平衡，引发了许多场景，在这些场景中主持办案者不得不思考事件中超自然原因的合理性。例如，在《黄金案》中，狄公最初有意淡化超自然因素的影响："断然否认鬼神等物的存在，定非明智之举。孔夫子当年授徒时，有人问起鬼物，他的态度便十分含糊不清，这一点必须铭记在心。不过，我仍然想找到一种合乎情理的解释。"在和他所认为的幽灵有了一次奇怪的相遇后，这位办案者有了第二种想法："要是我的藏书都在这里就好了，其中有不少关于鬼魅和人虎的记述，只可惜以前从未留意过。做个县令，非得事事通晓才行啊！"随着案件终结，而线索也开始指向人为因素，而非超自然源头，办案者重拾对理性的信心，正如他所说："我们只要能找到合情合理的解释，就不必害怕鬼怪等物。"即便如此，小说中也有一种情况，在不符合现实解释的情况下，狄公的前任的鬼魂出现了。桥下是万丈深渊，而狄公正要踏到桥上的松散木板，在这一关键时刻鬼魂出现提醒了狄公。此外，这本书以大门被不可思议地关上作为结尾："话音落后，四座皆寂。此时从庭院中隐隐传来声响，不知何处有一扇门正轻轻关闭。"①

二、酷刑与正义

伊莱恩·斯卡里（Elaine Scarry）在其经典研究《苦痛中的身

---

① Robert Hans van Gulik, *The Chinese Gold Murders*（Chicago：University of Chicago Press, 1979）, 45, 84, 181, 214.

体》（*The Body in Pain*）中坚持认为："即便一个人可以举出很多例外，但将文化差异集中起来，其本身只构成一个非常狭窄的变化范围，因此最终其实是揭示且证实了核心问题的普遍相似性。核心问题源于痛苦本身的绝对强度，而并非源于任意一种语言的顽固性或者任意一种语言的羞怯性：它对语言的抵抗不是其偶然属性或次要属性，而是其本质所在。"① 虽然斯卡里极有洞见，但古代中国的法律准则还是使得其几乎必须使用痛苦来诱导语言，也就是用酷刑强迫认罪。因为中国古代公堂的程序禁止未经供认就定罪，因此疑犯通常会受到酷刑。因此，在中国古典小说里，公堂审判和讯问中满是肉体的惩罚与酷刑。此外，中国古典公案小说常常肩负着道德说教的使命，在小说的结尾经常布满对被判罪者和被判死刑者施刑的生动描写。令人毛骨悚然的细节包括砍首、绞刑，更糟糕的是凌迟处死，又称"杀千刀"，这大概可以"满足中国人的正义感"，但正如高罗佩所言，也得罪了西方读者。

面对这些文化实践和文学惯例的差异，高罗佩在狄公案小说中描写酷刑和惩罚时又一次走了中间路线。一方面，作者需要如实描写中国古代法律体系中经常使用酷刑的办案者；另一方面，作者有时也调整了肉体刑罚的程度，一则以避免得罪他的读者，一则以避免过度渲染或异化中国。

在《迷宫案》中，狄公下令鞭打疑犯二十五下，由于"鞭痕

---

① Elaine Scarry, *Body in Pain: The Making and Unmaking of the World* (New York：Oxford University Press, 1987), 5.

窄细，没入皮肉甚深"，且疑犯刘万方（Liu）"吃痛不禁，口中仍然大呼冤枉"，在鞭打了十五下后狄公下令停手，不是因为疑犯痛苦地扭动身体而心生怜悯，而是因为狄公从一开始就打算使用酷刑，"先给他吃些苦头，令其心神大乱，然后便会一五一十和盘托出"。当三个和尚呈交虚假供状时，狄公毫不留情地用竹板抽打以示公正。这一场景作了仔细描写："众衙役将三僧脸面朝下按倒在地，撩起僧袍扯下内裤，板子呼呼有声直落下来。三僧挨打吃痛，不禁放声叫苦，但是众衙役并未放过，一五一十直到打满为止。"

　　三个贪婪的和尚确实是罪有应得，但后来他们没有再受刑讯，因为最终证明除了因个人理由隐瞒关键信息外，他们没有任何不法行为。吴峰（Woo）是一宗谋杀案的疑犯，在审讯时却拒绝给出任何口供，结果被施以酷刑。就如案件受害者的儿子之前向狄公请求的那样："'小生恳请老爷将吴贼捉来拷问！'丁毅叫道，'到时他定会全盘招供。'"下面的场景就不那么让人舒心了：

　　　　狄公示意左右，两名衙役上前扯下吴峰的衣袍，另有两人分别捉住他一条胳膊，按在地上朝前拖拽，直至面孔贴地……细细的鞭子应声落在吴峰裸露的背脊上。吴峰挨了几下，不禁吃痛呻吟，抽过十鞭之后，背上已是鲜血横流……于是又挨了十鞭，终于浑身瘫软，一动不动。衙役禀报曰人已昏厥过去。狄公示意一下，两名衙役将吴峰拽成跪坐状，端来热醋置于他的鼻下，过了半日，方才渐渐醒转。

由于试图向西方读者描述中国，所以对高罗佩而言，审问女性与其他疑犯不同，这既是个难题也是种机遇。实际上，在早期翻译《武则天四大奇案》中，高罗佩已经对原文进行了修改，或许目的在于渲染对女性的惩罚。尽管在前言中，高罗佩断言中国人对酷刑的嗜好冒犯了西方审美，但实际上在他的翻译中，对周氏（Djou）的刑罚在细节程度上远过原文。淫妇周氏将钢针钉入丈夫的头心。高罗佩在翻译对周氏的第一次严刑逼供时，或多或少仍算忠于原文："早上来许多差役，拖下丹墀，将周氏上身的衣服撕去，吆五喝六，直向脊背打下"被译为"衙役撕去周氏的衣袍，露出后背，用鞭子打了四十下"（The constables tore her robes down and bared her back, and gave her forty lashes with the whip）。[1] 但高罗佩在处理后面的翻译时作了很大改动，将严刑拷打从威胁变成了现实：

> 狄公见他如此利口，随又叫人抬夹棍伺候。两旁一声威武，噗咚一声，早将刑具摔下。周氏到了此时，仍是矢口不移，呼冤不止。狄公道："本县也知道你既淫且泼，量你这周身皮肤，想不是生铁浇成。一日不招，本县一天不松刑具。"说着又令左右动手。[2]

---

[1] Robert Hans van Gulik, *Celebrated Cases of Judge Dee（Dee Goog An）: An Authentic Eighteenth-Century Detective Novel*（New York: Dover Publishing, 1976）, 19.

[2] 佚名：《狄公案》，北方文艺出版社 2013 年版，第 80 页。

中文原文中，周氏在被鞭打后没有受到更多刑罚，因为衙役对她心生怜悯，而且开始怀疑狄公对这个可能无辜的寡妇如此严厉是否明智。最后班头劝服狄公不再对这个妇人用刑。但是，在高罗佩的翻译中却有着更多酷刑：

> 随后狄公下令用拶刑，衙役依言照做，发力之下，刑具越旋越紧。但周氏只是声声哭叫自己是被诬告的。狄公说道："我知道你是厚颜无耻之人，但你的皮肉却也并不是铁打的。如有必要，我会整日用刑。"随后狄公再次下令，让衙役拶得紧一些。①

高罗佩在翻译中以同样的方式增加了处决的趣味，尤其是在处死周氏时。中文原文在描写处决周氏时只有一句话："这才许多人将周氏推于地下，先割去首级，依着凌迟处治。"相反，高罗佩的翻译却非常细致，增加了许多原文所没有的细节：

> 刽子手们将行刑架升到离地一人高，在行刑架中桩周围用力踩了踩地，又在离地一尺高处钉好第二个水平横杆。随后刽子手脱掉周氏的衣服，只留下衷衣。周氏被绑在行刑架上，双手固定于上横杆的两端，双膝固定于下横

---

① Robert Hans van Gulik, *Celebrated Cases of Judge Dee*（*Dee Goong An*）*: An Authentic Eighteenth-Century Detective Novel*（New York: Dover Publishing, 1976），61-62.

杆的两端。刽子手手持又长又细的刑刀立于周氏面前，两名副手立于刽子手两侧，分持刑斧与刑锯。

狄公示意之后，刽子手立时猛地举刀插入周氏的胸膛。周氏立死。随后，刽子手在副手的协助下，从周氏的手、脚开始切割、肢解。虽然"凌迟"处决的是一具尸身而不是生人，但仍然是骇人听闻的景象，围观者中不少人晕厥过去。整个过程持续了半个时辰。周氏的遗骸被扔到篮子里。但其头颅需要呈给狄公朱笔点验，然后挂于城门之上示众三天，并张贴罪状以示威慑。[1]

这似乎并不像高罗佩所说的那样，中国人热衷于令人毛骨悚然的细节，反而是译者高罗佩表现出对这些生动的行刑场面的喜好。这差不多使人想起一种情况，这种情况就是"凌迟"明信片曾经吸引过包括乔治·巴塔耶（George Bataille）、罗兰·巴特（Roland Barthes）等人在内的无数西方观察者。

高罗佩创作的小说则不受任何来自原文的束缚，对行刑场面进行多姿多彩的描写也就更进一步。不必大量引用书中的例子，这里我只想从《迷宫案》中引一段长文来说明高罗佩为描写死刑的血腥暴力所作的巨大努力：

---

[1] Robert Hans van Gulik, *Celebrated Cases of Judge Dee（Dee Goong An）: An Authentic Eighteenth-Century Detective Novel*（New York: Dover Publishing, 1976）, 216-217.

剑子手将鬼头刀竖在地上，脱下外褂，露出筋肉结实的上身。两名副手登上囚车，将二犯带到法场中央，先解开倪继（Yoo Kee）身上的绳索，再拽到一根木桩前。木桩立在地上，上面钉有两根互相交叉的杆子。一人将倪继的脖颈捆在柱上，另一人将其四肢捆在杆上。二人完事后，剑子手拣了一把细长的匕首，走到倪继面前，转头看向狄公。狄公抬手一挥，示意行刑。剑子手举起匕首，猛刺入倪继的胸口，正中心脏，倪继未出一声便立时丧命，尸体随后被卸成数段。李夫人（Mrs. Lee）见此情景，惊骇得昏厥过去，若干观者也以袖掩面、不忍直视。剑子手将砍下的人头呈至案桌上。狄公提起朱笔，在死者前额画了一个记号。剑子手将人头抛入一只竹篮中，与其他残肢放在一处。

李夫人经过线香熏鼻，已然苏醒过来。两名副手将她拽到高台前，令其双膝跪下。李夫人看见剑子手提着皮鞭走近，不禁狂叫起来，吓得魂不附体，口中连声求饶。

那三人早已见惯了这等场面，丝毫不为所动。一名副手散开李夫人的发髻，握住一把青丝，将她的头朝前一拽，另一人扯下她的外袍，又将其两手捆在背后。

剑子手扬起鞭子晃了两晃。这刑具由一束皮带扎成，带上还镶有铁钩，望之令人胆寒。凡是挨过此鞭者，无一可以幸存，因此只有法场上才使用。

狄公举手示意。剑子手扬起皮鞭猛抽下去，只听一声闷响，李夫人的背后立时血肉横飞，若不是被一名副手牢牢揪住头发，定会一头栽倒在地。

李夫人缓过气来，放声嘶叫，但是刽子手毫不留情，仍然一鞭又一鞭甩下去。打到第六鞭时，已是皮开肉绽、鲜血横流，李夫人再度昏死过去。

狄公抬手示意一下。

过了半日，李夫人醒转过来。

两名副手拖着她跪在地上。刽子手举起鬼头刀，见狄公点头，挥刀猛劈下去，一颗人头应声落地。

狄公提起朱笔，在死者前额同样画过记号。刽子手将李夫人的人头扔进另一只竹篮中，过后将会定在城门上悬挂三日。①

当然，有人也许会说，高罗佩的功劳在于通过给出这些可怖的细节塑造了一部中国式小说。正如他在书的后记中所说："笔者遵循中国小说传统，在结尾处详细描写了行刑过程。中国人的正义观念要求对于罪犯受刑应该作出详尽描述。"② 此外，残忍处决李夫人也许自有道理，正如高罗佩的暗示所表明的那样，在书中早些时候李夫人自己也曾残忍对待无辜受害者："李夫人便用藤条狠命抽打，口中咒骂不休。白兰（White Orchid）受不了如此折磨，连声

---

① Robert Hans van Gulik, *Chinese Maze* Murders（Chicago：University of Chicago Press，1997），305–308.
② 同上书，317。

求饶，李夫人却益发恼怒，打骂得也愈发起劲，直到自己手臂酸麻为止。"① 不管怎样，就如高罗佩某天在日记中写下的那样："在描述严刑拷打的情景时，我觉得深有同感。"②

三、性

高罗佩的开创性著作《中国古代房内考：中国古代的性与社会》初版于 1961 年，因其"使这一领域重见天光"而备受好评，而在同时，声誉卓著的学术研究《金赛性学报告》却仍被指责为淫秽作品。③ 据说福柯（Michel Foucault）非常感激高罗佩，因为相比于性爱艺术（ars erotica），高罗佩将性科学（scientia sexualis）概念化了。福柯在其对性的不朽研究《快感的享用》第二卷中，两次提及高罗佩对中国的性的研究。④ 近年来，高罗佩在该领域的研究工作受到极多批评。但韩献博在评估《中国古代房内考》时却持肯定意见，他指出书中"令人困扰的两个极端"："有时，高罗佩是

① Robert Hans van Gulik, *Chinese Maze* Murders（Chicago：University of Chicago Press, 1997）, 295.

② C. D. Barkman and H. De Vries-van der Hoeven, *Dutch Mandarin: The Life and Work of Robert Hans van Gulik*, trans. Rosemary Robson（Bangkok：Orchid Press, 2018）, 159.

③ Bret Hinsch, "Van Gulik's *Sexual Life in Ancient China* and the Matter of Homosexuality." *Nan Nu* 7, no. 1（2005）：79.

④ Michel Foucault, *The Use of Pleasure: Volume 2 of the History of Sexuality*. Translated by Robert Hurley（New York：Vintage Books, 1990）, 137, 143.

如此醉心于异域情色，以致他的写作成为一种偷窥式的东方主义，在丝帘后窥视，瞥见了雅致而颓废的景象。有时，他又斯文地俯就研究对象，成为衰败文明的疲惫代表。"① 费侠莉（Charlotte Furth）说："高罗佩是一个时代的产物，当时只有几位欧洲学者（他们是男性）能俯瞰这座未经探索的、名为中华文明的高峰。高罗佩以博学家的机敏和情人的热情穿行于中华文明的风景中。"但费侠莉很快也补充说，如果不是从东方主义范式的视角，而是从"一种更为复杂的 20 世纪中期全球文化交流网络"的视角来看高罗佩的作品将会更加有效。费侠莉表示，我们应当将高罗佩的作品理解为思想、物品和观念的世界性流通，而不是东西方二元对立的叙事。② 正是本着这一精神，我们应当审视高罗佩在狄公小说中对中国的性的表现。

考虑到高罗佩对研究中国的性很有兴趣且在这方面取得不俗成就，狄公故事中充满有关性的元素就毫不奇怪了，其中包括了通奸、乱伦、强奸、虐待和同性恋等。和许多中国古典白话小说一样，狄公案系列经常将性作为叙事与情节的组成要素。正如许多学者指出的那样，同性恋是一个需要特别留心的问题。高罗佩使大家关注到中国古代性生活中的同性恋问题，而在当时这很少被公开讨论。尽管高罗佩使用道德中立的术语来描述同性恋——这在 1961 年是一项壮举——

---

① Michel Foucault, *The Use of Pleasure: Volume 2 of the History of Sexuality.* Translated by Robert Hurley (New York: Vintage Books, 1990), 78–80.

② Charlotte Furth, "Rethinking van Gulik Again." *Nan Nu* 7, no. 1 (2005): 72, 74, 77.

但他还是明确表示男同性恋是——用韩献博的话来说就是——"轻度变态"。"高罗佩仍然是他所处时代的产物"，韩献博写道，"尽管他坦率地描写同性恋，但还是在不经意间使用诸如'邪恶的''声名狼藉''缺陷'等字眼来含蓄地贬低男同性恋性行为。"与此相反，高罗佩似乎对女同性恋有一种奇特的喜爱。在他的学术著作中，在没有可信证据的情况下，高罗佩坚称在上古中国女同性恋已经普遍存在，男同性恋当时非常稀少，直到汉代才多起来。而且他认为周朝是一种女同性恋乌托邦。①

　　狄公案系列反映了高罗佩对同性恋的复杂态度，一方面展现出一定程度的宽容，另一方面又倾向于将坏人描述为具有可疑性取向的"性变态"。在《黄金案》中，县衙中两位吏员唐主簿和范书办彼此间的关系显然非比寻常。描写唐主簿的语言暗示性很强："他不但……异于常人，而且还有些很不对头的地方，"以及"那老唐看人的样子，真实古怪得很哩！"唐主簿也坦承自己曾被一种邪恶力量所控制，使得自己在满月之夜变成残暴的虎人。和他能变形的搭档一样，范书办也变成一个性侵者，而且在小说中他强暴了一位年轻女子。范书办死后，唐主簿在他的尸身旁哭泣。狄公深具儒家的同情与宽容，在小说中他对同性关系作了最终表态："各人都是顺应天意而行事。若是两个成年人彼此相悦，即为二人私事，与旁人无涉。你无须为此担心。"②

---

① Bret Hinsch, "Van Gulik's Sexual Life in Ancient China and the Matter of Homosexuality." *Nan Nu* 7, no. 1（2005）: 80.

② Robert Hans van Gulik, *Chinese Gold*, 54, 109, 173 - 174.

就如他大肆渲染对女性角色的惩罚一样，在小说中高罗佩也有点痴迷于女同性恋及其各种表现形式。在《中国古代房内考》中，高罗佩断言"男人中的虐待狂并不多见"，但"相反，女子对女子施行性虐待的情况则经常被提到。动机大多是嫉妒和对情敌的报复"①。无论高罗佩的主张是否基于事实，他自己的小说已经突出了女性为爱、情欲或强烈的怨恨而施虐。在《迷宫案》中，用狄公的话来说，李夫人"对年轻女子怀有邪念"。她引诱或绑架年轻漂亮的女子，当她们不屈从于她的淫威时就用藤条抽打；残忍地将她们杀害，并将头颅作为战利品保存起来。高罗佩描绘了李夫人企图诱奸潜在受害者玄兰（Dark Orchid）的方式："李夫人接着讲述自己的短命姻缘，又伸出手臂搂在玄兰腰间，大谈女人婚后的诸多不便不利之处。男子常是粗鲁凶暴，不能体贴人意，男女之间终有隔阂，绝难像两个同性一般亲密地无话不谈。玄兰心想这一番言语真是大有深意，一位老夫人竟能对自己道出这许多私房话来，不免深感得意。"② 但是这个年轻女孩很快就意识到李夫人的真实意图，因为玄兰在洗浴时，李夫人闯入了浴室。事情变得糟糕起来，李夫人拔刀指向玄兰，幸亏救援者及时出现。这本书初版是在日本，当时除了高罗佩的浴室冲突素描，还有其他插图，但被其他

---

① Robert Hans van Gulik, *Sexual Life in Ancient China: A Preliminary Survey of Chinese Sex and Society from ca. 1500 B. C. till 1644 A. D.* （Leiden：Brill Academic Publishers, 2003），161－162.

② Robert Hans van Gulik, *Chinese Maze* Murders （Chicago：University of Chicago Press, 1997），283，290.

大多数版本的编辑所遗漏：那是关于酷刑的场景。虐待过程尽收眼底。

四、插图

插图在狄公案小说中起着引人入胜的作用。苏珊·豪（Susan Howe）曾说过："虽然在理解时，符号与其所代表的事物或与存在是一体的，但文字与图画本质上是对立的。"文字与插图之间的过渡空间，如苏珊·豪所说，是"一片有争议的区域"①。高罗佩是中国画的行家。1951 年前后，狄公案系列作品问世之际，高罗佩私下出版了《秘戏图考》（*Erotic Colour Prints in the Ming Period*）。上文提及的《中国古代房内考》出版于 1961 年，就是扩充了 1951 年这本书的相关章节。后来，高罗佩还出版了《书画鉴赏汇编》（*Chinese pictorial art as viewed by the connoisseur*）。

当谈及高罗佩对中国画的兴趣与他的叙事作品之间的关系时，问题并不如表面看起来那么分明。"插图"一词，从使用图像来演示叙事中的动作或场景的意义上来说，可能有些迷惑性。实际上，高罗佩在小说中运用插图也曾经历过学习曲线。正如《迷宫案》被许可在日本出版时，他所说的那样：

出版商坚持要给它做有裸女图像的彩色封面。……对

---

① Susan Howe, *The Midnight* (New York：New Directions, 2003)，1.

此我的回答是，中国人没有色情艺术，我也希望书里的插图是完全正宗的。但如同他的多数同行那样，我的出版商说话是有依据的，他说，只要我去找一找，事实会证明，古代中国肯定有色情艺术。于是我给几十个书店和古董商写了明信片，后来确实收到了两封积极的回信，一封来自上海的中国书商，他说自己认识一个拥有几本明朝春宫图画集子的中国收藏家，另一封来自京都一个古董商，他回答说，他拥有那种集子的原始印刷版。就这样我发现了在15和16世纪的中国确实存在过一种裸体崇拜，由此设计成了一个画着明朝风格裸体女人的封面。①

我们是应该认可高罗佩的转换叙事，还是如伊维德（Wilt Idema）所质疑的那样："他否认中国裸体画传统中存在的任何先验知识，不管怎样有一点是很清楚的，他的作品中插图与小说之间不存在简单的同构关系。"②

有学者已经指出，高罗佩的作品中语言文本与可视图像的距离并不稳定。郭劼在他的杰作《艳情书籍：试论高罗佩对艳情叙事和图画的处理》（*Robert Hans van Gulik Reading Late Ming Erotica*）中

---

① C. D. Barkman and H. De Vries-van der Hoeven, *Dutch Mandarin: The Life and Work of Robert Hans van Gulik*, *trans. Rosemany Robson* （Bangkok：Orchid Press，2018）159.

② Wilt Idema, "The Mystery of the Halved Judge Dee Novel：The Anonymous *Wu Tse-t'ien ssu-ta ch'i-an* and Its Partial Translation by R. H. Van Gulik." *Tamkang Review* 8. 1 （April 1977）：157.

提出，高罗佩作品中的插图存在着反叙事倾向，特别是在叙述色情作品的语言和色情图像本身之间有着某种张力。正如郭劼所说的，无论是《秘戏图考》中极为重要的《花营锦阵》（*Variegated Positions of the Flowery Battle*）图册中，还是他私下出版的《春梦琐言》（*Trifling Words of a Spring Dream*）中，高罗佩都试图将色情作品描述为"常常'难以''表现'和描写色情"。郭劼相信"某种程度上是因为色情倾向于向它所处的、比它更广泛的叙事要求自主权，而且伴随某种寻求快乐最大化的工作机制，色情天生与叙事为敌，这种叙事威胁且无法避免地终结了任何性接触"[1]。

　　同样，狄公案小说中的插图也未能发挥说明解释的作用。以前文提到的《狄公案》封面中的艳图为例，正如郭劼敏锐分析的那样，并不"仅仅是为了说明酷刑场面，而是为了便捷合理地促使裸女出现。在这幅插图中，狄公和他的助手处于图画的构图中心。奇怪的是，虽然裸女居于画面左下角，但看起来却是图画的真正中心，因为居于中心位置的男性角色正将目光注视于她。此外，女性角色赤裸的躯体'不合理'——但显然是故意——以某种方式扭转过来，并未直面审问她的人。她的整个上半身完全暴露于画外读者的目光之下"[2]。因此，图画并不仅仅意味着说明解释，而是发挥着更重要的作用，去吸引或刺激读者。插图的这种反叙事，或者换句话说，插图的这种非写实特质将把我们引向本章最后一个但绝不

---

① Jie Guo, "Robert Hans van Gulik Reading Late Ming Erotica." *Hanxue yanjiu*《汉学研究》28, no.2（2011）: 229.

② 同上书，255。

是不重要的问题——叙事艺术。

五、叙事艺术

请允许我偏题讲一个故事：某日，一位中国男人在美国某地驾车，因为闯了停车标志被警察拦下来。警察问他："先生，你在停车标志前停车了吗？"中国男人并不回答是或不是，而是大谈自己是谁，自己的职业是什么，强调自己是从未接到过交通罚单的驾车好手这一事实。警察对他的回答并不满意，或者感觉还缺点什么，于是再次问他是不是在停车标志前停车了。中国男人看来似乎再次回避了问题，继续告诉警察自己的私生活，包括自己的孩子在学校如何优秀。这时，警察用极不友好的语气换了个说法问道："你没有在停车标志前停车。是吗？"中国男人立刻回道："不是。"这里的"不是"实际上意味着"是的"。但他的本意是说："不是，先生，你说错了。我在停车标志前停车了。"但是对一位英语母语者而言，用"不是"来回答反问句问题："你没有在停车标志前停车，是吗？"意味着他确实没有在停车标志前停车。由于不熟悉英语语法，中国男人设法解决警察所陈述的问题，但警察希望他回应所涉及的行为，停还是没停。

这里我的兴趣不在于这个中国男人对英语语法不熟悉，而在于他回答第一个问题"你在停车标志前停车了吗？"的方式。对于美国警察而言，这位中国司机显然在回避问题，这有力地表明他确实犯了闯停车标志的罪。对司机而言，在他的思维中，他闯了停车标志且因此违反交通规则，这一事实需要在一个更大的语境下来理解，他是一个好人，是有着良好驾驶记录且在其他方面遵纪守法的公民，也是培养出优秀孩子的好爸爸。换句话说，这个中国人相信，他是否闯了停车标志，这一事实的意义在别处。或者借用美国电视连续剧《X 档案》中的一句话："真相在那里。"

我讲这个故事，是将之作为进入下一主题的一种方式，因为毫无疑问，高罗佩为将中国文化介绍到西方作了许多努力，其中最重要的成就就是他对中国公案小说的再发明，特别是其中的叙事结构。高罗佩所作的各种狄公案小说颇为流行，狄公案小说代表着他与中国的传统叙事手法之间的协商。这种传统叙事手法与哲学上对事实的理解密不可分，而后者反过来也影响了叙事艺术。

中国叙事传统对离题万里有着惊人的容受度，实际上并非只是高罗佩一个人将中国叙事传统描述成这样。赛珍珠在她获诺贝尔奖时的演讲中说："按照西方的标准，这些中国小说并不完美。它们一般都没有自始至终的计划，也不够严密，就像生活本身缺少计划性和严密性那样。它们常常太长，枝节过多，人物也过于拥挤，在素材方面事实和虚构杂乱不分，在方法上夸张的描述和现实主义交混在一起，因此一种不可能出现的魔幻或梦想的事件可以被描写得活灵活现，迫使人们不顾一切理性去对它相信。"此外，赛珍珠还说："这些小说的情节常常是不完整的，爱情关系常常得不到解决，女主人公常常长得不漂亮，而男主人公又常常不够勇敢。而且，故事并不总是都有个结局；有时它仅仅像实际生活那样，在不该结束的时候突然中止。"①

　　尽管有这些顾虑，赛珍珠还是声称自己的文学启蒙来自中国小说，而且从中国小说中学习到小说写作的艺术。不管赛珍珠说的是不是事实，或者她在将中国小说元素吸收到自己的作品中有多成功，这是另一个话题。但是，在高罗佩身上，我们可以清楚地发现一种情况，一位外国作家描绘出中国叙事传统在某些方面的缺陷，对这些方面似乎也颇有微词，而且也不再将这些元素吸收到自己的作品中，或者至少说，他与中国叙事传统进行了协商。本章开头我提到，高罗佩针对中国公案小说提出了"五点不满"。这里有必要重温其中一点："第三，中华民族是一个悠闲的民族，对细节有着浓厚兴趣。因此，他们的所有小说，包括公案小说，都以宽泛的叙事脉络写就，其中夹杂着冗长的诗歌，离题的哲学思考，等等。"②换句话说，虽然中国小说中充斥着材料，但在西方读者的睿智判断中，这些材料并不属于叙事。但是，当我们仔细阅读高罗佩的狄公案小说时会发现，这位荷兰作者也许真诚地尝试着塑造一种中国风格的叙事，有意或无意地将这些"东西"带到自己的写作中。

　　作为中国传统物质文化的行家，高罗佩能找到合适的位置插入

① Pearl S. Buck, *The Chinese Novel: Nobel Lecture Delivered before the Swedish Academy at Stockholm*, *December 12*, *1938* (New York: John Day Company, 1939), 32, 54-55.

② Robert Hans van Gulik, *Celebrated Cases of Judge Dee (Dee Goong An): An Authentic Eighteenth-Century Detective Novel* (New York: Dover Publishing, 1976), iii.

许多关于中国生活方式的细节，这些细节如此丰富，以至于有时会造成叙事流的中断。例如，在《迷宫案》中，通过狄公敏锐的双眼，这位写有中国砚台专著的作者高罗佩，在下面这段话中，向我们展示了一位学者桌子上的所有摆饰：

> 狄公再看书案上陈设的文房四宝，见有一方雅致的砚台，旁边是刻镂精美的竹笔筒，还有一只用来染墨濡笔的红瓷水盂，上面印着"自省斋"三个蓝字，显然是专为丁护国而制。小小的玉制墨床上搁着一块墨条。①

在《湖滨案》中，作者不遗余力地描写围棋，而这与情节其实并不相干：

> 我虽非精通棋艺之人，不过年少时倒也时常与人对弈，这棋盘分作纵横十九路，共有二百八十九个点，一人执白，一人执黑，各有一百五十个子。所有棋子皆用圆圆的小石子制成，功用全是一样，不分大小主次。双方在空盘上开局，轮番落子，每次将一子放在一点上，目的是要尽可能围住对方的棋子，一个也好，一群也罢，被吃掉的子立时便会从棋盘上拿去，占地较多的一方最

---

① Robert Hans van Gulik, *Chinese Maze of Judge Dee* (*Dee Goong An*)： *An Authentic Eighteenth-Century Detective Novel* (New York：Dover Publishing, 1976), 94.

终获胜。①

或者在另一段中，一座中式园林如画般呈现于我们面前：

> 他们……穿过四道弯曲回廊，朝一个大花园而去。只
> 见四面围墙环绕，宽阔的汉白玉平台上摆着成排的瓷盆，
> 盆内植有珍稀花卉。花园布局精巧，地中央有一莲池，管
> 家引路绕池而行，后方一座假山，许多形状各异的大石用
> 石灰浆黏合在一处。假山旁边有一间竹子搭成的凉亭，上
> 面爬满了密叶青藤。②

也许有人会说，这些华丽的细节只不过是普通的叙事铺垫，无
论是在性质上，还是在效果上，都与亨利·詹姆斯（Henry James）
和梅尔维尔小说中无穷无尽的闲散段落并无不同。但文学小说与公
案小说之间的文类差异使得这种反驳不那么令人信服。相反，我觉
得这些过剩的细节不仅仅是风格上的变化，而是使我们想起，这和
前面所讨论的裸体插图一样，通过借助自身的自主性的纯粹力量将
我们从叙事中抽离出来。在《铁钉案》中有许多离题的细节，包括
描写七巧板、祖先崇拜，等等。

---

① Robert Hans van Gulik, *The Chinese Lake Murders* (Chicago: University of Chicago Press, 1979), 54 – 55.

② 同上书，156。

　　没有哪种文本装置能比过场和序幕更有效地生产出离题、延续和迂回，而高罗佩的狄公案系列小说中既有过场，又有序幕。实际上，高罗佩非常了解这些花絮及其在更大的叙事中的作用。高罗佩翻译《狄公案》时，在第十五章和十六章之间保留了一段小过场。这段简洁的过场，初看起来似乎与小说毫无关联：三位演员——年轻女子（旦）、青年情人（生）、年长男子（末）——步入舞台，"舞台表现的应当是一幕发生在河边的戏。虽然已是暮春，但梅花依旧盛开"。患着单相思的小生走近年轻旦角，少女与他谈起梅花盛开之美。时间流逝，少女害怕回家，因为"家中有个极其残忍的男人，一直问我问题"。末角建议三人同游，小生也表赞同。这段诗意的过场以少女的哀叹告终："诚哉哀哉，绝无他物，短似暮春，白日一梦。"青年以歌回之："若你上下求美，若你四方寻情／请你忘却职守，只需记取欢爱。"①

　　用高罗佩的话说，这种文学惯例"是一个非常有趣的特点，在大多数篇幅稍短的中国小说中极为常见。这样的过场，在形式上，经常被写成戏曲表演的一幕戏：少许演员出场，展开对话，再以歌曲点缀其间，就像中国舞台上经常上演的那样"。但是关于这些过场的功能，高罗佩采纳了心理学的观点，并试图让西方读者也能理解它们：

---

① Robert Hans van Gulik, *Celebrated Cases of Judge Dee*（*Dee Goong An*）: *An Authentic Eighteenth-Century Detective Novel*（New York: Dover Publishing, 1976）, 115-116.

有趣之处在于，在过场中，我们能洞悉主要角色的潜意识。他们冲破所有拘谨与束缚。因此在某种程度上，这些中国的过场对应于我们现代小说中的心理性格的素描。古代中国小说对其中所描写的人物心理分析绝不放纵，但是允许读者通过这种戏剧性的过场或梦境，瞥见人物内心深处的思想与情感。①

高罗佩将"梦中梦""戏中戏"这一装置与莎士比亚《哈姆雷特》（第二幕第二场）中的一幕戏相提并论。至于出现在《狄公案》中的特定过场，高罗佩试图将之与更大的叙事联系起来，而且在这方面走得更远。在对翻译进行注释时，他尝试将过场中的三个演员与书中谋杀案里的人物联系起来：

"少女"自然便是寡妇周氏，"青年男子"徐德泰（Hsü Te-t'ai）是她的情人。从对白可以看出，徐德泰对恋人的依恋不如周氏对他的爱那样深，而周氏在内心深处对此也有察觉；她提到"家中有个极其残忍的男人"，指的就是狄公，但徐德泰并没有回应她的抱怨之辞。这出怪诞的戏剧充满了双关语，完全从时空观念中抽离出来。因此，我认为，第三位演员"年长男子"代表被谋杀的丈夫

---

① Robert Hans van Gulik, *Celebrated Cases of Judge Dee (Dee Goong An): An Authentic Eighteenth-Century Detective Novel* (New York: Dover Publishing, 1976), vi‑vii.

毕顺（Pi Hsün）。这段"过场"是小说中唯一一处暗示了毕顺与妻子关系的地方，毕顺显然非常爱妻子，当妻子有所抱怨时，毕顺作出了回应，而徐德泰没有。而且我们可以从他"三人同游"的心愿中看出，毕顺生前就怀疑自己的妻子与徐德泰私通，而他为了挽回妻子会纵容这段关系吗？这个问题我留给精神分析专家来决定。①

虽然这样的解释听起来合理，但高罗佩对精神分析的姿态旨在使离题的过场被西方读者理解，但这实际上可能会适得其反，因为这样就认识不到中国文学传统背后深刻的哲学和美学差异。用心理主义来解决问题，文化人类学家称为隐喻的崩溃，这是一种经常使用但并不稳定的解释行为，即通过隐喻的滑动将不同的文化实践与传统糅合起来。我并不是断言中西方之间存在着天然对立和根本差异。但对于过场确实需要一种不同于高罗佩刚才所提供的解释，一种能够完全认识到中国文学传统的知识基础的解释。

实际上，正如高罗佩所指出的，与上述讨论的那段一样，过场起源于中国戏剧。虽然这里不能详细解释中国白话小说的兴起与中国戏剧之间的关系，但我们确实需要稍稍探究一下戏剧传统，以便理解小说叙事中那种看起来似乎并不合理的跑题。在中国戏剧表演中，过场（interlude）是一种非常普遍的装置，具有多重功能。它

---

① Robert Hans van Gulik, *Celebrated Cases of Judge Dee（Dee Goong An）: An Authentic Eighteenth-Century Detective Novel*（New York: Dover Publishing, 1976），237.

可以出现在一出戏的任何地方，也包括序幕与返场部分。在元杂剧中，开始的序幕称为"楔子"或者"引子"。正如王骥德在曲律中所说："登场首曲，北曰楔子，南曰引子。"① 根据过场在戏中的位置，相应地被称为铙戏、引首、打散、垫台戏与送客戏。其中有许多都有着实际功能：在戏剧开始之前上演一些完全不相关或只是略有关联的戏，是招待早到的人的好方法，在等待其他客人（也许是贵宾）到场时，借此激发他们对重头戏的兴趣。各幕之间的过场使有需要的观众可以休息，起身去一下洗手间，再及时回来观看下一幕戏。返场是对观众惠顾表示感谢的好方法，既是与离席的客人话别，同时也是继续回报那些逗留未走的客人。但是，对剧前序幕、剧中过场和剧后返场的实际功能所作的解释，和高罗佩在精神分析上的尝试一样，都不能解释这些戏剧/文学惯例存在的更为深刻的原因。

正如我们在关于中国司机的趣闻中所看到的——我将之作为本章的开端——表面上司机避免给出直接答案，其背后隐藏的是对事实的态度、事实是什么、我们如何接近事实以及我们如何共享事实。这是一个始于哲学，终于叙事学的问题。冒着原始还原论的风险，我们可以概括出传统中国人对事实的普遍态度，即强调主客体之间的互动关系，而非强调客观事实的存在。从庄子的"齐物"观到竹林七贤的"物我无别，物我同等"观，到心学提倡要重视"与万物合一"，中国哲学一直偏爱自我与世界的互动。由于打破自

---

① 徐扶明：《元代杂剧艺术》，上海古籍出版社2014年版，第74页。

我与外在之间的藩篱，中国哲学避开了二元论的陷阱，避免了心灵
与肉体、精神与物质的对立。正如许多学者指出的那样，这种内在
论，一方面由于其对认识论的忽视而使得中国哲学饱受诟病，另一
方面由此产生的语言和文学理论也就与建立在其他哲学传统上的截
然不同。中国古典哲学家对认识论不感兴趣，因为他们相信"世界
并不对'意识'构成'对象'，而是在相互作用过程中充当意识的
对话者"①。章学诚甚至认为，事实与小说之间的区别"与其说是
认识论问题，不如说是一种相对的审美变量"。

　　这种哲学智慧反映到文学上，孕育出了一种委婉的语言艺术以
及对迂回或间接的偏好。正如法国学者弗朗索瓦·于连（François
Jullien）所说："我们西方人能够直接表达，因为我们笔直走向事
物，我们被'直线的情感'所引导，而直线也是通向真理的最近之
路。至于中国人，他们受迂回表达的局限，甚至拐弯抹角地表达如
此'简单'，而他们之中没有人'愿意'简单表达的东西。"② 在我
们的故事中，对于有没有在停车标志前停车，中国司机不是简单地
回答是或者不是，而是采取了一种迂回的方式。就像中国人所说的
"声东击西"或者"指桑骂槐"。

　　对于迂回美学，清朝伟大的批评家金圣叹给出了最有说服力的
表达。在对《西厢记》的评点中，金圣叹提出"目注彼处，手写
此处"的观点。他提道："文章最妙，是先觑定阿堵一处，已却于

① François Jullien, *Detour and Access: Strategies of Meaning in China and Greece*,
　trans. Sophie Hawkes（New York：Zone Books，2000），142.
② 同上书，17。

阿堵一处之四面，将笔来左盘右旋，右盘左旋，再不放脱，却不擒住。"在《迂回与进入》中，于连进一步阐明了金圣叹的理论：

> 不应该紧贴人们所要说的，但也不要放过——按佛教所言：不离不即。这两种对立的要求确定了理想距离——我称之为"隐喻距离"。这种距离维持着张力而又发挥变化的能力，它关注其对象而又从不恰好把它作为对象固定住：对象避开控制，保留了活跃的特性，总是处在超乎人们所说的状态，所以不断处于高潮。[1]

日本能剧与中国戏剧很相似，埃兹拉·庞德在研究能剧时，同样对其中他称之为隐喻的艺术的东西很着迷。[2] 肯定这种隐喻距离，其必然结果就是产生一种离题、杂乱且看似迂回的叙事风格，这就使我们想起高罗佩批评的"夹杂着冗长的诗歌，离题的哲学思考和其他东西"。

从这个角度看，在上面讨论的狄公案小说中，过场的存在有着更为重要的理由，其存在不仅根植于中国戏剧传统，还源于中国哲学思想与审美理论。此外，除了提供迫切渴望的迂回、有意的离题或者间接的隐喻，充满歌曲和色彩的过场也充满了诗意。事实上，

---

[1] Francois Jullien, *Detour and Access: Strategies of Meaning in China and Greece*, trans. Sophie Hawkes（New York：Zone Books, 2000），336.

[2] Ezra Pound, *Poems and Translations*, ed. Richard Sieburth（New York：Library of America, 2003），336.

大部分研究中国叙事学的学者都注意到了这种体裁独特的抒情性。对李欧梵来说，中国小说常常充满了"能引起感情共鸣的抒情画面，但却以牺牲故事情节和叙事线索为代价"。浦安迪（Andrew Plaks）也注意到中国小说中"叙事与抒情手法之间微妙的关系"，且由此呈现出"事件与非事件并存……是密布着非事件的复合体"。普实克（Jaroslav Prusek）看出了中国小说中的双面结构："两个世界——一个是史诗的、个人的、史上独一无二的，另一个是抒情的、典型的、单调重复的。"抒情为"单调乏味的现实"增添了"美观、多彩、迷人的元素"。这既不是梦中梦也不是戏中戏，梦中梦和戏中戏最终会合二为一，达到象征性统一；而抒情与叙事是平行的，二者绝不会完全一致。①

　　虽然以高罗佩这样的博学多闻，似乎也未能认识到中国传统中某些文本装置的理论基础，但他却能将这些装置用到自己的作品中。无论是谁，理论从来都不是成为艺术家的先决条件。跨文化挪用或改造绝不意味着挪用者总是知道自己挪用的是什么。其他被高罗佩吸收到狄公案系列中的文本装置还包括：将诗歌用作题词；用回目表明叙事的发展；而其中最重要的是序言，序言为进入故事提供了一个戏剧性的，有时也是难以索解的入口。尤其是狄公案系列

---

① Leo Ou-fan Lee, "Foreword." In Jaroslav Prusek, *The Lyrical and the Epic: Studies of Modern Chinese Literature*, edited by Leo Ou-fan Lee（Bloomington, IN: Indiana University Press, 1980）, x; Andrew Plaks, ed. *Chinese Narrative*（Princeton: Princeton University Press, 1977）, 311; Jaroslav Prusek, *Chinese History and Literature: Collection of Studies*（Dordrecht, Holland: D. Reidel Publishing Company, 1970）, 390, 393.

的前四部小说《迷宫案》《铜钟案》《黄金案》与《湖滨案》，高罗佩卓有成效地将序言用作叙事装置。正如韩南在研究中国白话小说时指出的那样，这种序言"目的在把正话故事拉开距离并建立叙述者之'表我'"。正如过场建构起了与叙事之间诗意的平行一样，序言造成了韩南所说的"抒情式的重复"①。

（韩小慧 译）

---

① Patrick Henan, *The Chinese Vernacular Story* (Cambridge：Harvard University Press, 1981), 40.

第七章

美国想象里的中国人

二十多年前，我在美国布法罗读博士时，曾有一位同门室友，美国人，很喜欢抽大麻，看他的神情，时常飘然若仙。有一天，冰箱里的冰激凌没了，他硬说是我吃的，我说我没吃："I swear to God I didn't eat your ice cream（我向上帝发誓，没吃你的冰激凌）。"他半开玩笑、半严肃地回答："But you're a Chinaman, you don't believe in God, so your swearing doesn't make any sense（你是个中国佬，不信上帝，所以你的发誓没意义）。"Chinaman 这个词，我们一般译成中国佬，就像 Yankee 我们译成扬基佬或美国佬。这个"佬"字是贬义词，但从 Chinaman 这个英文词的命运可以看出来，美国文化里对中国人的想象的转变。Chinaman 在 19 世纪初刚刚出现的时候是一个中性词，就像 Englishman、Irishman、Frenchman 等等一样，没有贬义的意思。比如爱默生用 Chinaman 的时候，还是中性词。后来到马克·吐温用的时候，则开始有点贬义的意思了。

这个词的性质转变要从美国建国以后说起。独立后，美国负债累累。英国作为它的母国，对其进行经济封锁，美国的国际市场全部被关掉了，到哪里都做不了生意。美国人没办法，于是在 1784 年派了一艘货船到广州去做生意。那就是美国史上著名的中国贸易（China trade）的开端。那艘船开到广州，卖了货物以后，又带了些中国产品回去，赚了大钱。自那以后这个航线就开通了，这也是中国人去美国的开始。按照史料来看，在美国最早有记录的是一个无名的中国人，大概是 1785 年在宾夕法尼亚州。我们现在不知道那是谁，过去我们小学背那篇《黔驴技穷》："有好事者船载以入。"这很有可能也是一个好事者，跳上船去了美国，不知道去干了什么。从那以后中国人去美国慢慢多起来，大部分是从沿海地区，广东、福建等地去的。

到了 1848 年淘金热刚开始的时候，有 300 多个中国人到了加州，之后就不断地增加，一直到 1870 年大约有六万多中国人在美国。刚开始华人在那里虽然条件很差，但还是挺受欢迎的。但是当大家抢黄金的竞争越来越激烈时，就开始排外、歧视华人了。比如，加州就通过了一个非常不合理的外国人头税，规定外国人每年要交三美元的人头税。在 20 年里，加州政府从中国人那里征收了近五百万美元的费用，相当于那个年代加州政府 25% 到 50% 的收入。自那以后，中国人没办法，只能改行。看美国的西部片时，你们经常可以看到，中国人一般以两种身份出现：一个是开洗衣店，帮人家洗衣服；另一个就是开餐馆，卖 chop suey（杂碎）。我们知道，中国男人过去一般是不洗衣服，也不做菜的，到了美国为什么要洗衣做菜呢？就是因为他们被人从矿地里挤出去了，走投无路，于是就改行，要么帮人洗衣服，要么卖吃的。从现在的情况还能看得出来，虽然中国菜很好吃，至少和日本菜一样好吃，但是在美国的地位和档次，中国菜和日本菜是不一样的。日本菜非常贵，能算高级餐，而中国菜，除了一些像纽约这种大城市里非常有名的酒店之外，一般的中国餐馆的地位不高。这跟一开始中国人在美国的经历很有关系。在历史记忆遗留中，中国菜是跟 19 世纪矿场的那些低级、便宜的快餐店分不开的。相比之下，日本菜是在 20 世纪 70 年代大力推广，把它的地位提高了，让本来不吃生鱼片的美国人把日本菜当成高级食物。

　　淘金热之后的年代，美国人继续排外、排华，发生了很多暴力事件。1871 年，洛杉矶就有 18 个中国人被杀了，此后一系列针对华人的暴力事件在西部各大小城市发生。1882 年，美国国会通过了《排华法案》，制止中国的劳工移民。其实这法案是根本没有道理的，因为 1882 年在美国的华人只占美国人口的 0.000 2%，不可能会影响到白人的就业问题。但美国就是责怪他人，找借口和替罪羊。当时流行一句话，no Chinaman's chance（没有中国佬的机会），这就是淘金时代的用语，意思是作为中国人，你没有机会，你不可能会采到金的，因为你找金子的场地都是人家已采过的，剩下来没人要的。

　　再举一个 no Chinaman's chance 的例子，美国的铁路是中国人参与修建的，从东部往西部的线路他们雇了爱尔兰人，从西部往东部的线路雇了中国人。那条横穿美国大陆的铁路是 1869 年建成的，标志着现代美国的诞生。刚开始时，两个修铁路的公司雇的都是爱尔兰人，可是从西部过去的铁路非常难造，因为要翻山越岭。爱尔兰人不干了，嫌太危险。正当公司没办法时，一个工头跟老板推荐说：试试中国佬怎么样？那老板说：看那些中国佬这么瘦小，跟那些爱尔兰人没法比。那个工头很聪明、很有说服力，他说：你别看他们个儿小，你要想想中国人造了长城呢。老板想想也有道理，那就试试吧。结果他们雇了 50 个中国人，歪打正着，华工修造铁路的优势很快就体现出来了：我们中国人发明了火药，挖山洞的时候必须用雷管，华工对这个很内行。另外一个好处是华工人小，体重轻，在山崖上挖洞的时候必须把人放在篮子里放下去，把雷管插在里面，点燃后，又赶紧把人拉上来。爱尔兰人太重了，不好弄。而中国人又懂火药雷管，又轻巧，很管用。所以公司马上又雇用了两千位华工，到最后雇用了两万人来造西线的铁路。著名华裔美国作家汤亭亭（Maxine Hong Kingston）的第二本书《中国男人》（*China Men*），写她的祖父一辈，其中一个故事就是修铁路。这里面有很精彩的一段，汤亭亭想象她的祖父坐在篮子里被人放下去的时候，刚好想解手，于是他就面朝美国大地来个高山流水，飞流直下，痛快至极。当今莫言的小说里，男的就总是拿着他的东西占地盘，其实中国男人在 19 世纪的美国就那样做了，但那更多是被压迫之后的发泄。

1869 年，铁路竣工，在庆功大会上大家集体照相，这是美国的历史上很有名的照片，有名是两个原因，一个是它标志着现代美国的诞生，另一个就是在这张照片里没有一个中国人，全是爱尔兰人和白人。修建美国铁路，中国人劳苦功高，死了很多人，付出了很多血汗，却不被计算在内。

铁路竣工照片

梭罗的《瓦尔登湖》里一段很有名的话也能说明问题，这位新英格兰的隐士，在树林中独自生活了一年半。他很讨厌火车，他抱怨说：火车又吵又脏，为什么我们要发展那么快，这么着急去哪里？他打了一个比方："你们想过那些枕木（sleepers）是什么吗？每一根都是一个人，一位扬基人或爱尔兰人。"这里"sleeper"是双关语，指睡觉的人，同时也指铁路的枕木。这段话就忽略了中国人，no Chinaman。我们从美国文学经典里看出，中国人还是一个看不到的数字，立了汗马功劳的中国人却在美国文化想象和描述中几乎不存在。

在这样的背景下，到了 20 世纪 20 年代，在美国出现了两个截然相反的中国人形象：一个是傅满洲博士（Dr. Fu Manchu），他是一位英国畅销小说家想象的、完全虚构的一个蒙古魔鬼。这位傅满洲博士非常厉害，继承了成吉思汗侵略欧洲、独霸世界的野心，精通 20 多种语言，他能控制你的思维，在你睡觉的时候到你的梦里来，醒来后你的思维就被他控制了，他让你去杀人你就去杀人，杀完了你就忘得一干二净。他一看你的眼睛就能把你迷住，从此之后你就是他的奴隶。另外一个中国人的形象是正面的，就是陈查理（Charlie Chan）。作为一个电影人物，陈查理在美国 20 年代到 40 年代叱咤风云，好莱坞拍了将近 50 部陈查理电影。到五六十年代，新的电影不拍了，但老的电影一直在放。所以在我的英文书《陈查理传奇》（*Charlie Chan*）出版之后，我在美国多地做了讲座，也在美国国家电台上现场回答读者的问题，当时就有很多美国人或举手发言，或打电话进来提问，他们一般念念不忘自己小时候每个礼拜六早上像看卡通片一样看陈查理的电影。

　　陈查理到底是怎样一个人物呢？更重要的，他为中国人在美国想象里塑造了一个什么样的形象？

　　其实陈查理的人物原型是祖籍广东的夏威夷警察郑平（Chang Apana），他大约在1871年出生在檀香山瓦胡岛西部的甘蔗园里，小名阿平，他的父亲是广东过去的华工，与甘蔗园签了五年的劳动合同。阿平三岁的时候，他父亲的五年合同满了，觉得这不是办法，所以就搬家回到广东香山地区（现在的中山地区）。我们知道国父孙中山是在夏威夷长大成人的，他的哥哥孙眉在夏威夷发迹，开店，办农场，后来把他的弟弟和妈妈接过去。孙中山就是在夏威夷读了书，在他哥的店里打工当伙计。他很聪明。他刚去的时候英文很不好，但两年内就成了班级第二名，进步很快。他就在那里信了基督教，对后来三民主义等影响很大。所以郑平与孙中山既是老乡，又是同在夏威夷长大成人的。郑平在他十岁时回到了夏威夷，先是成了牛仔，在一家牧场学骑马，养

郑平

牛。后来被一家富人雇去当马夫，睡在房子后面的马厩里。几年后他被夏威夷的动物保护组织雇用了，成了该组织的第一任官员，任务是在街上制止动物虐待行为。当时，动物保护法刚刚出笼，就像现今在中国推行动物保护法一样，有点困难，人家都不相信。郑平

在大街上给人家写罚单的时候，人家骂他，说中国佬你疯啦，这个马是我的，是畜生，我难道不可以打我的畜生？郑平说，就是不行，要罚你钱。他很难对付，就这样在檀香山出名了。

　　不久，1898 年，夏威夷成了美国领土。夏威夷过去是一个独立的国家，被白人侵占后，面临被三个国家吞并的危险：美国、法国、西班牙。夏威夷的卡拉卡瓦国王（King Kalakaua）非常讨厌美国人，就怕美国把夏威夷拿走，所以他去了日本，想跟日本和亲，把夏威夷的一个公主嫁给日本王子，但是日本人不感兴趣。于是他去了天津，在天津见到李鸿章，提议把夏威夷送给中国。但是李鸿章说我们清政府都要垮了，你给我没用的，你给我还是会被人抢走的，算了吧。那个国王很伤心，死在归途上。后来夏威夷被美国人抢走，实属大势所趋。美国人在岛上的势力非常强大，岛上大部分的商人、传教士都是美国人。当时这些人就劝美国国会，把夏威夷吞了。可是美国政客不愿意，为什么呢？你想夏威夷是多么漂亮的地方，归你了你不要，是为什么？美国国会辩论的时候，反对吞并的人提出一个原因，发人深省。他们说：设想有一天，这些岛上成千上万的棕色人、黄种人有权投票，那我们白人不就惨了？他们怕这个"黄祸"。当时一位政客发言说："假如有一天夏威夷成了一个州，成千上万的黄色、棕色人种选出了一个参议员是中国佬，摇着长辫子，站在国会大厅和我们辩论逻辑，我们怎么可能允许这样的事情发生呢？这简直是噩梦。"确实，夏威夷在 1959 年成了州以后，它的第一个参议员真的是中国人，姓方的。而后来的奥巴马总统刚好也是夏威夷出生的，他们"噩梦"成真，甚至超乎他们的想

象。美国国会最后决定把夏威夷吞并的原因，是因为美国和西班牙
发生战争，在菲律宾等地抢领土。美国打菲律宾，中途要经过夏威
夷，所以夏威夷成了一个最有利的军港，现在再不吞并的话就说不
过去了。所以在 1898 年夏威夷成了美国的领土，而檀香山市需要
更多的警察。这时郑平，这个真实的陈查理，就进了警署。此后他
几乎是一夜成名。因为他原来是一个牛仔，出手很快。他在警察局
当了 30 多年的警察，后来被提为侦探，从来不拿枪，总是带着
他自己做的一条五英尺长的牛皮鞭。有一次，他徒手擒敌 40 多
个人，一条牛皮鞭就像赶牛一样，把一群人圈起来，人家都怕
他。他的事迹经常登载在当地报纸上。这就是陈查理背后的一个
真实人物。

郑平的牛皮鞭

　　当然，如果没有文学想象，郑平的故事也很难百世流芳，他也
成不了美国家喻户晓的陈查理。因此，我们还得考虑美国小说家厄

尔·德尔·比格斯（Earl Derr
Biggers），六部陈查理小说的作
者。他在俄亥俄州一个偏僻小镇
长大。我想问的问题是：在美国
那样偏僻的地方长大的人，在 20
世纪初怎么可能塑造出一个活灵
活现的中国人的形象？他的灵感
是从哪里来的？我去俄亥俄州作
了实地考察，查了比格斯的生
平。他在那里长大之后去了哈佛
读书，本科毕业以后，他又回到

比格斯

俄亥俄，在克利夫兰一家报社当夜间记者，任务是报道夜间发生的
罪案。但他很快就被解雇了，因为主编发现这小子编故事，夜里坐
着没事，就编这里有个偷窃案，那里有个杀人案，写得天花乱坠
的，其实根本没有这回事。被解雇后，他发现自己的才能就是编故
事。所以他在 1913 年写了第一本侦探小说《秃头旅馆的七把钥
匙》，一炮走红。此后他继续搞创作，但工作有点过度，影响到身
体，医生就建议他去度假。于是 1920 年，他去夏威夷度假。一天
傍晚，比格斯坐在海边，喝着酒，看着一艘大客轮停在海上，灯光
闪闪。他突然想到了一个杀人的办法，或者说是一个谋杀案的情
节。他想，假如这艘船上的一名游客是游泳健将，能夜间从船上跳
下来，游上岸，杀了一个人，又游回去，他就有一个完美的不在场
借口。这就成了第一部陈查理小说《没有钥匙的房子》（*The House*

第一部陈查理小说
《没有钥匙的房子》

Without a Key）的主要情节：真正的杀人犯是船上的一名游泳健将，从来没有人怀疑他，最后被机智过人的陈查理抓到。

这是小说的情节，至于陈查理怎么出现的，则是因为比格斯看当地的报纸，读到一段有关郑平的报道。他一看就想，哇，中国侦探，在美国从来没有过的。于是他把谋杀案的情节和中国侦探放在一起，珠联璧合，就产生了《没有钥匙的房子》这第一本小说，陈查理这个人物就诞生了。

这本书出版于 1925 年，这一年是美国历史文化上的一个重要转折点。1920 年代在美国通称爵士乐的年代（jazz age），一个非常疯狂的时代，也是美国发展非常快的年代，福特牌汽车、冰箱电器等都是在那个年代出现的。但是，1920 年代也叫部落化的年代，因为那时的美国非常排外，1924 年美国国会通过了一个移民排外法案，关闭国门，把一些外国人拒之门外，包括南欧人、东欧人、日本人。1882 年的法案已经把中国人挡在门外，但他们觉得还不够，必须把日本人也挡在门外。美国的国门已经关了，却在这时出现一个活灵活现、非常可爱的中国人的形象，怎么解释这个现象呢？其实每个民族，对外国的爱恨交杂，是很正常的。一个民族对外的情绪经常大起大落。而美国人从建国以来，对东方一直怀着一种神秘向往、又恐惧不安的复杂心理。这就是陈查理诞生的文化心理背景。

好莱坞很快就发现陈查理这个形象有钱可赚，于是开始拍陈查理的电影。现在很多亚裔美国人憎恨陈氏这个角色，不仅因为他们一直生活在他的阴影里，更主要的则是因为所谓的黄脸戏，即白人演员演黄种人的角色。在中国戏剧中我们有花旦、花脸这类生旦净末丑角色。在美国有黑脸戏，即白人把脸涂黑了演黑人，还有黄脸戏、红脸戏（演印第安人），还有犹太脸戏。这在美国是一个很长的传统，含有很多的种族歧视的成分。黑脸戏在 19 世纪初发迹，是美国公众娱乐业的开始。这些种族模拟对美国艺术的发展是一个很大的动力，没有这些跨种族想象，美国文化是不可能走到今天这一步的。不过说实在的，亚裔美国人一直抱怨陈查理的黄脸戏，但我做了研究以后发现其实不对。刚开始演陈查理的三个演员是亚洲人，两个日本人、一个华人。可是这头三部用黄种人演黄种人，非常不成功，直到后来启用了华纳·欧兰德（Warner Oland），陈查理的电影生涯才开始出现转机。欧兰德是瑞典移民，他演中国人从来不需要化妆，因为他看起来有点像是东方人，他的母亲是一个俄国人。当时美国流行的两个中国人的形象，一个是傅满洲，一个是陈查理，欧兰德两个都演，一会儿演丑陋的中国人，一会儿演好的中国人。

参与陈查理电影拍摄的还有一个真正的中国人，是个美女，黄柳霜（Anna May Wong），当年在好莱坞是最漂亮、最有才华的华人演员。但由于好莱坞的种族歧视，她的命运很惨。当时好莱坞有一个规定，不能有不同种族之间的接吻，这就决定了黄柳霜的命运，因为她不可能在浪漫片里面演女主角，因为白人男主角没法亲她。所以她老演被人遗弃的小娘子，演哭哭啼啼、自寻绝路的悲剧角色。以至于她曾说："我死了不知多少遍了。"黄柳霜就参与了第二部陈查理电影《中国鹦鹉》（*The Chinese Parrot*）的拍摄。

黄柳霜扮演《中国鹦鹉》中的角色

　　1920 年代也是好莱坞兴起的黄金时代，经历了非常重要的从无声电影到有声电影的转变，在 1927 年拍了第一部有声电影。1927也是一个很重要的年份，因为如果你们去过洛杉矶好莱坞的话，就会知道中国大戏院。这个戏院建于 1927 年，它的开工仪式就有黄柳霜参与铲土。中国大戏院是好莱坞的圣地，留着许多明星手印、脚印、签字的著名的星光大道就是从这里开始的。从这家戏院的建造我们就知道当年所谓好莱坞的中国风的强劲，其中也包括陈查理的形象塑造、电影的拍摄。美国最排外的时候，也是他们中国风刮得最凶的时候。他们对异国情调的追求和想象，在现实生活里的排外，这两个现象同时发生。

好莱坞中国大戏院

陈查理的电影不仅在美国很流行，当时在中国也深受欢迎，几乎每部陈查理的电影都在中国上演。1936 年，欧兰德和他的太太、经纪人来到中国，受到热情接待。欧兰德演陈查理，尽管是黄脸戏，但他非常认真地学中文，研究中国文学、历史、艺术。有时在现实生活里他还继续扮演陈查理的角色，真假难分，直到最后他太太受不了，和他离婚，因为他太入戏了。那年他的船到上海的时候，黄浦江码头有成千上万的粉丝迎接他。有趣的是，傅满洲的电影在美国也很流行，但是在中国是禁演的，陈查理的电影在美国很流行，在中国也很流行。作为一个演员，欧兰德演过傅满洲，也演过陈查理，中国人欢迎欧兰德来到中国的时候就作了一个选择，叫他"陈先生"，而不是"傅博士"，故意把他演过傅满洲这一点给忘了。欧兰德走了以后，中国人马上就开始模仿陈查理的电影，自己拍了五六部陈查理电影，有几部是在上海拍的，有几部是在香港拍的。可惜的是，这些胶片由于战争、年代的原因，都已经丢了。我做研究的时候只能依靠当年的影评、报道，根据当时的文献。当时主演陈查理的中国演员，他的穿着打扮、举止言行都模仿欧兰德。一个中国演员模仿一个瑞典演员模仿的中国人的形象，可以说黄脸戏的表演真是演到家了。

20 世纪 30 年代上海电影海报

假戏真唱并非演员独有，小说家比格斯也欣然参与。他成名赚了钱后，每年都回夏威夷度假、寻素材。当时美国报纸都曾刊登过这样一张照片，标题是：陈查理作者、小说家和真正陈查理的见面。但一看就知道右边的男子不是陈查理，也不是侦探郑平，而是旅馆帮人提箱子的某位无名的中国小伙子。给他穿上长袍，中间放一个鸟笼，装扮成很有异国情调的样子。我后来找到唯一一张比格斯和郑平的合影，郑平这时候已经快六十岁了，人小精瘦，和电影里或美国人想象中的陈查理的形象相去甚远。后者是一个胖子，穿着讲究，步履缓慢，讲英语很蹩脚。真正的陈查理则是一个干瘦的老头子，看起来像一个牛仔，说话像放爆竹。真正的中国人不符合美国想象中的中国人。这让我想起李小龙，在美国 20 世纪 70 年代有一个电视连续剧《功夫》，主演是一个白人，大卫·卡拉丁（David Carradine），他演得很好，但是刚开始这个功夫系列片的主意其实来自李小龙。好莱坞觉得这个可以拍，但是不愿意让李小龙主演，为什么？因为李小龙太"像"中国人了。他是中国人，所以太像中国人了，美国观众无法接受。好莱坞必须要造一个"好莱坞中国人"，让白人来演。我们现在管那些叫"米高梅中国人"（MGM Chinese），或"福克斯中国人"，等等。

再回到欧兰德演的中国人。欧兰德有个毛病，酗酒。刚开始拍戏的时候他酗酒，导演还挺高兴，因为他喝了酒之后老是面带微笑，晕晕乎乎。酒精让他说话更慢了，口齿不清，这就歪打正着，因为陈查理这个角色就是要讲蹩脚的英文，讲得人家都听不懂，所以他喝酒刚好入戏。可惜这个贪杯的欧兰德去世得挺早，1938 年，他拍了十几部陈查理电影后，就去世了。电影公司就找了悉尼·托勒（Sidney Toler），这是第二个白人陈查理，在托勒去世后他们又找了个白人温特斯（Roland Winters）。1949 年 4 月份拍了最后一部陈查理电影，《天龙》（Sky Dragon）。1949 年中国内战结束，中华人民共和国成立了。那年在美国史上叫作"哀悼失去的中国"

比格斯与所谓的陈查理（右）

（mourning the loss of China），因为从美国的角度来看，他们赌注押错了，押在国民党身上了。陈查理电影就在那时候拍完最后一部，之后就是朝鲜战争，冷战开始。在那一段时间，陈查理的电影就停拍了。可是，陈查理在美国的影响反而更大了，因为不断地放老电影，每周都放。在那个年代就像现在的雾霾似的，在美国的空气里面中国人的形象是被毒化的。特别是由于反共而引起的偏执、妄想，我在英文版书里用的词是 C-word（C 打头的词），China，Chinatown，Chinese，这些都是 C 词。Charlie Chan（陈查理）则是两个 C，犹如代号 007。

那个年代的美国还流行一个英文词"brainwash"，其实是从中文"洗脑"直接翻译过去的。朝鲜战争后，美国国防部发布了一个调查报告，宣称几乎所有的美军战俘都在朝鲜被"洗脑"。这个充满偏见的报告，大肆渲染中国人如何像傅满洲博士那样给战俘洗脑，进行心理控制，几乎到了科幻境界。从那个时代的一首儿歌，我们也能看到当时中国人在美国人眼里是什么样的形象：

> 嗦锺的中国佬坐上栏杆
> 想从 15 分钱里赚一元。
> 嚓嚓的火车开过来
> 撞上他那傻脑袋，
> 那就是 15 分钱的下场。

这首愚昧年代看似童真的跳绳歌谣，内含非常残酷的欲望或种族仇恨。美国铁路本来是中国人修的，而火车反过来撞中国人的头。可见在那 20 世纪五六十年代，美国政治氛围是多么的乌烟瘴气。可是就在那个年代，由于旧电影的连续播放，陈查理在美国更成了家喻户晓的名字。而作为在那种毒素很浓的政治文化氛围里成熟的中国偶像，陈查理就难免也中了毒，他在美国文化史上的命运开始出现转机。尤其对于那个年代成长的亚裔美国人，他们那时候受到严重歧视，在电影上却出现这样一个老是开玩笑、看似不正经的中国人形象，而美国人又经常通过陈查理来看这些真正的亚裔美国人，觉得他们的言行举止都应该像陈查理一样，这使亚裔美国人深感刻板化之苦，因此对陈查理产生极大的反感，最终导致这个华人形象从一个大智若愚、滑稽幽默的正面人物变成了丑化华人的负面人物。

20世纪70年代初，亚裔人权运动期间，人们抗议美国电影院继续播放陈查理的电影。到我的《陈查理》一书在2010年出版时，陈查理的电影已经几乎被禁演了40年。我写这本书，重提陈查理，引起很大反响，有些亚裔美国人竭力反对。但是，作为一个历史人物，我们不能把他抹杀。不像过去的照片，你可以作假的。我写这本书，并不是我不尊重亚裔美国人当年在美国的受难史。恰恰相反，我觉得陈查理是一个代表，他的丰富多彩的履历不仅是一部华人在美国的辛酸史，也是我们了解美国文化想象的一把钥匙。我们要对历史负责，要重新去探讨真真假假的过去。传记研究，里面有真的有假的，有时候假的反而对现实影响更大。比如，郑平作为真正的陈查理，他的传奇故事鲜为人知，可是他激发的虚构人物陈查理却在美国文化史里留下了深深的脚印。

第八章

跨洋诗话五则

一、庞德的中国梦

我开始翻译庞德的诗歌，是在20多年前。那时我刚从北大毕业，来到美国南方腹地，人生地不熟，文化绝缘，处境维艰，靠开一家中餐小馆谋生，整日忙于炒菜、端盘子、送外卖、刷碗、拖地板，等等。一天晚上打烊时，我接到一个电话，是当时正在美国访学的南京大学张子清老师打来的。他说国内一家出版社想找人翻译庞德的《诗章》，问我是否感兴趣。身陷"囹圄"的我，怀着一种初生牛犊不怕虎的精神，欣然答应了。

此前在大学里，我只读过庞德的短诗，领略过一点他的意象派风采，至于他的长篇《诗章》，老师没教，学生也不敢碰，原因是太难啦。接了翻译任务后，我硬着头皮上阵，选择了《诗章》里最精彩的部分——《比萨诗章》，做了大量研究，最后花了两年多时间，把它翻成中文。

那时的世界尚未进入网络时代，隔洋联系还很困难，所以《比萨诗章》译文在国内出版后的情形，我当时也不清楚，只是听说卖得还不错，甚至得了一个什么图书奖，尤其颇受诗人的欢迎。20多年后，我有一次在湖南长沙开会，遇到诗人王家新，他居然能背得出我译的《诗章》片断。此前在美国见到欧阳江河，他也鼓励我继续翻译《诗章》。而杨炼于1999年就曾经在国际庞德年会上宣称：

"庞德的《诗章》只有在汉语里才完美。在黄运特的译文里，庞德的诗歌计划好像最终完成了。"这些诗人的反应，当然让我感到欣慰，也让我汗颜。我深知自己译文的不足，多年来一直想找机会弥补，给热衷的读者献上一个更好的译本。所以当湖南文艺出版社编辑找上门来时，我觉得总算可以实现自己的一个心愿了。

庞德是 20 世纪英美诗坛上的一位巨匠，也是争议性最大的人物之一。只要提及庞德这个名字，一般你会听到三种不同的反应：① 他是一位好诗人，只可惜他政治上反动；② 他政治上反动，所以我们不应该读他的诗；或者③ 他的诗蹩脚难懂，政治上又反动。当然，庞德的诗歌思想与他的政治经济主张的关系非常复杂，不是短短一篇译者序言能够解释清楚的。不过，浏览诗人的生平经历，尤其是他创作《诗章》时的个人处境和历史背景，我们或许可以对这个问题稍有了解。

埃兹拉·庞德于 1885 年出生在美国爱达荷州的小城海莱市，在宾夕法尼亚州长大，1905 年毕业于汉密尔顿学院，次年获宾夕法尼亚大学比较文学硕士学位。他在文化保守的印第安纳州的一所大学任教几个月后，因生活作风问题被开除，此后一直旅居欧洲。1913 年，庞德遇到著名中日文学与艺术研究领域的先驱者欧内斯特·费诺罗萨的遗孀，受她委托，开始整理费诺罗萨的遗稿，并对中国诗歌文化产生浓厚的兴趣。庞德于 1915 年出版的《神州集》（也称《华夏集》），就是以费诺罗萨的笔记手稿为基础，创造性地重译了十几首汉语古诗，在英美现代诗坛刮起了一阵中国风。

　　此后庞德又热衷儒家哲学伦理，认为盛传几千年的孔子思想是整治现代西方社会诟病的良药妙方。作为诗人，他尤其欣赏孔子对"正名"的定义。这个概念出自《论语·子路篇》："子路曰：卫君待子而为政，子将奚先？子曰：必也正名乎……名不正，则言不顺；言不顺，则事不成。"庞德认为儒家"诚"的概念，不仅是为人之道，更重要的是对事物的正确定义，如《诗章》里写道："而'诚'的原则／一脉相承，才有西格斯蒙多。"（《诗章》第七十四章）强调"名正言顺"的孔孟之道，跟庞德的政治经济主张一拍即合，尤其是他对金钱概念的理解。庞德认为现代社会的万恶之源在于货币价值的定义不确切，让投机者从中牟利，混淆是非。他尤其痛恨放高利贷的金融机构和银行家，认为这种"无中生有"的经济手段并非真正的"生产"：一位农民种一棵苹果树，结了苹果可以拿来养家充饥；而一个高利贷者榨取利息只是剥削，是"不自然"的生产，有悖天道人伦。自古以来，不管是带着种族歧视色彩的想象，还是现实里的真实人物，不管是莎士比亚《威尼斯商人》里的夏洛克，还是现代社会的金融大亨，放高利贷者往往是犹太人。因此，庞德把批评的矛头指向了犹太人，由此他走上了跟纳粹法西斯同流合污的邪道。

　　1945 年 5 月 3 日，法西斯已经倒台，二战已接近尾声，旅居意大利的庞德正在家里翻译《孟子》，突然听到有人敲门，是两位意大利游击队员，要奉命把诗人带走。庞德顺手往兜里揣了一本孔子的书（盗版书，商务印书馆的理雅各译本）和一本中英词典，就跟士兵走了。他以为这只是一个误会，自己应该可以很快回家，但这一去就是十几年。被捕的原因是他曾经为墨索里尼政府的罗马电台做过广播节目。每周20分钟左右的节目里，他先是朗诵一段自己的《诗章》，然后发表反战言论，劝说在欧洲打仗的美国官兵放下武器，不为军火商和放高利贷者卖命。按美国的法律，这是叛国罪。他很快就被送进比萨附近的美军监狱，在那儿端坐在一个露天的铁笼里，遥望远处的斜塔，一边蚂蚁啃骨头般地翻译《大学》和《中庸》，一边构思创作他的《比萨诗章》。从某种意义上讲，《比萨诗章》是庞德跟儒家思想的对话，而话题就是拯救天下。那时的世界是满目狼藉，欧洲一片混乱，诗人心目中的理想国遥不可及，自己也成了阶下囚。颇具象征意义的，《比萨诗章》悲壮史诗式的开头是写在一张厕所手纸上的："梦想的巨大悲剧在农夫弯曲的双肩。"

11月，庞德被遣送回美国待审。次年，以精神病为名义，庞德被免审，关进华盛顿特区的圣伊丽莎白精神病院，软禁了12年之久。此间，在1948年，他的《比萨诗章》出版，获得美国国会图书馆颁发的博林根诗歌奖，引起轩然大波。1957年，经过许多文化界名人的多年努力，庞德被释放出院，立即前往意大利。在那里，他继续创作《诗章》，翻译四书五经，直到1972年在威尼斯去世。

鉴于庞德与中国的不解之缘，翻译庞德具有特殊的意义。这次利用修订《比萨诗章》译文的机会，我又选译了几篇重要的《诗章》和短诗名篇，以便中文读者对这位影响深远、极具争议性的诗坛巨匠有更多的了解。至于庞德的诗歌之梦，或者说，他的中国梦，是否在我的译文里实现了，有待读者定夺。

二、诗人的墓地

2003 年秋，我从美国新英格兰迁居到西岸加州。抵达美丽的海边小城圣塔芭芭拉市不久，便去寻找著名诗人肯尼斯·雷克斯罗思（Kenneth Rexroth）的墓地。此前我在美国求学，读完博士，应聘在哈佛大学英语系教美国现代诗歌。几年之后，深觉此校名声虽响，但学风保守，诗风更是正统，非吾辈专研实验先锋派诗歌、爱走歪门邪道者能久留之地也。于是忍痛撕约，卷铺盖跑到了加利福尼亚大学圣塔芭芭拉分校。选中此地，不仅因为它地处海边，风景优美，好莱坞明星云集，最主要的还是跟诗歌有关。此地出过一批美国诗坛的风云人物，尤其是在 20 世纪六七十年代，现代诗论的泰斗休·肯纳（Hugh Kenner）就是在这里打出名声的。而最有名的诗人，则数雷克斯罗思。

雷氏原以旧金山湾区为活动中心，是为垮掉派推波助澜的人，有"垮掉派教父"之称。艾伦·金斯伯格（Allen Ginsberg）的盖世名篇《嚎叫》，就是在雷氏 1955 年于旧金山主持的一场诗歌朗诵会上出台，一鸣惊人，刮起了美国诗坛上反主流、反传统的一股飓风。60 年代后期，美国年轻一代反对越战，搞人权运动，圣塔芭芭拉的大学生也闹得很凶，把银行都烧了。雷氏则常来此地活动，后来就干脆留下定居，并在加州大学任职。他不教还好，一教这学校就乱了。据说他的课太受学生欢迎了，一般的教室根本坐不下，只能改到一个大戏院去上。到期末时，他把空白的成绩单发给学生，让每人自己填分数，觉得自己该得多少分就填多少分。这种垮掉派诗人式的疯狂教学法，虽不及法国人福柯在巴黎大学讲授哲学时，曾给一头有幸注册的马打了一个响当当的"A"（福柯宣扬反人文哲学，而最反人文者，非牛马莫属也，因此一头马在他的班上出类拔萃，亦不足为奇），但在校方看来，实在荒唐之至。于是，学校找了一个借口，把雷氏解雇了。

现在轮到我在同一所大学教诗歌，尽管自叹无力回天替雷氏翻案，不过至少要去瞻仰他的墓地凭吊诗魂。于是就在一个天高气爽的金秋午后，驾车到本市公墓园寻找诗人的踪迹。

一路上，我想起雷氏一生著作繁多，汗牛充栋，而对世界诗坛影响最大的，则数他编译的《中国诗百篇》和《日本诗百篇》。他有一个中文名字叫王红公。他译中日诗歌，是步埃兹拉·庞德之后尘，力求神达与创新，不拘泥于每个字词的通常意义。我当年翻译庞德的《比萨诗章》，每逢庞德在英文里引用他自己翻译的汉语诗文时，我就面临一个难题：应该直接引用中文原文，以求学术性的准确呢，还是尊重诗人的创新（包括篡改、误译、误读等），以求诗意的陌生感？我当时选择了后者，至今也不后悔。而雷氏译诗，又技高一筹：雷爷造诗。

住在圣塔芭芭拉期间，雷氏曾在 1979 年出过一本《摩利支子情诗集》(*Love Poems of Marichiko*)。在后记里雷氏宣称摩利支子是一位当代日本尼姑的笔名，他的书是译本。其实，全书 60 篇动人心弦的情诗和淫诗，都是雷氏自己一手炮制的。事实上根本没有这样一位日本女诗人，连她的名字也是造的，日语里没有。书的扉页分别印有译者和作者的题词："此书谨献给摩利支子——肯尼斯·雷克斯罗思"和"此书谨献给肯尼斯·雷克斯罗思——摩利支子"。这有点像维特根斯坦说的，一个人用自己的右手递给自己的左手五元钱，再用左手递给右手一张收据。游戏是玩得荒唐了一点，不过他模拟的日本诗却惟妙惟肖，真像一位深受过俳句传统熏陶的日本女子思春时写的，如这几首：

（十三）

浅卧草坪，我朝你张开
阳光下，
朦胧之烟半掩着
我的玫瑰花瓣。

（九）

你唤醒我
掰开我的双腿，吻我。
我给了你
世界第一个早晨的露珠。

（七）

与你做爱
犹如畅饮海水。
喝得越多
越渴，直到

什么都无法止渴

只能喝掉整个大海。

不知不觉，车已到海边山上的墓园。下车徒步而行，一眼望去，整个山坡，至少有几千块墓碑，而墓园也没挂什么指示图，真的有点像大海捞针。原以为自己对他的诗作有所了解，或许会有精灵引路，可是走了一大圈，读了很多墓碑上的文字，还是一无所获。

正在发愁时，遇到一位身穿绿装的园丁，在修剪花草、树枝，于是上前打听。园丁是一个墨西哥人，只懂一点英文，他拿出步话机，让我跟墓园管理处的人直接通话。我报上雷氏的大名，没过多久，步话机里回话："在第十八区。"我低头一看，自己和园丁居然就站在第十八区！可能守墓者出入于生死交界，比我这位舞文弄墨的更有灵气。再往前走几步，就看到了雷氏的墓碑。

这块平放在地上的墓碑看似寻常，其实独具一格：墓园几乎所有的碑都面朝大海，这样拜墓者看字时，都背对着海。只有雷氏的墓碑是朝着相反的方向，所以此时我是面向大海，细读这位诗人的墓志铭。碑上先题了他的名字及生死年月日，然后是一首短诗：

当圆月升起

天鹅引颈而歌

在沉睡中

在心湖里

　　读者可能已经猜到：就像那些所谓的摩利支子情诗一样，这也是他自己"译造"的一首"日本诗"，在他有生之年，曾经作为"译诗"发表过。天鹅向月引项时，湖中会有倒影。鹅影之间，虚实难辨。而译者与诗人，假想的译者与虚构的诗人，一代风流的王红公与脚下这抔黄土，此间亦若庄周梦蝶，孰影孰真也？

三、花开二度

　　上文说到美国诗人肯尼斯·雷克斯罗思在 20 世纪 70 年代"捏造"日本尼姑的情诗，明明是雷克斯罗思自己用英文写的，却宣称是从日文翻译过来的，几十首情诗、淫诗，写得惟妙惟肖，勾人心弦，一时成为奇谈。无独有偶，20 年后，美国诗坛再出一件怪事，而且又是跟日本有关。事情是这样的：

　　20 世纪 90 年代中期，美国多家主流文学刊物发表了一位日本诗人荒木安贞（Araki Yasusada）的作品。据编译者介绍，荒木安贞是一位广岛原子弹爆炸幸存者，妻子和女儿殉难，而他自己也因受核辐射，最后在 1971 年死于癌症。他留下的手稿中有诗、日记、书信、札记，等等，内容丰富，文学价值很高。译成英文的诗作，很多跟广岛灾难有关，写得情真意切，很受美国读者欢迎。一位美国诗人读完后，说自己激动得彻夜不眠，深叹这么好的诗为何从来没有人翻译过。比如说下面这首，题为《疯女儿与大爆炸》，写于 1945 年圣诞节：

昨夜漫步在
菜园里，惊讶地发现
我的疯女儿的头颅
躺在地上。

她的双目上翻，盯着我，如痴如迷……
（远远看它
好像一块石头
戴着光环
爆炸后的遗物）

你到底在干什么，我问
你这样子好荒唐。

那些男孩把我埋在这里，
她伤心地说。

她的黑发，如彗星，往后飘逸……

我蹲下，把那萝卜
连根拔起。

诗里的"男孩"是指那两颗原子弹，美军给扔在广岛的那颗取名为"小男孩",长崎的那颗叫"胖子"。荒木安贞作品的英文版于1997年在美国出版时,书名就叫《花开二度》(*Doubled Flowering*),影射核爆的那两朵蘑菇云。但"花开二度"还有另外一层意思,那就跟荒木安贞其人其事有关。

正当荒木的作品在美国风行时,有人传言说这些诗都是假造的,事实上根本就没有荒木安贞这个人。一些专家学者细读译本后,也发现很多漏洞与可疑之处。比如,编译者介绍说荒木于1925年至1928年之间就读于广岛大学,可是广岛大学在战后1949年才建立。另外,编译者宣称荒木是日本20世纪二三十年代几个重要诗社的成员,可是文学史上从未有过记载,而且即便在日本也从未有人读过荒木的作品,或听说过荒木其人。

很快怀疑的焦点都集中在这些诗的主要编译者肯特·约翰逊(Kent Johnson)身上。约翰逊是美国一位很不起眼的诗人,在中西部的一所社区大学任教,编过几本国内外诗选,业绩平平。荒木安贞的作品发表,约翰逊是唯一的经手人,所有的稿费都是寄到他那里去的。当那些怀疑被骗的报刊编辑质问约翰逊,寻求事实真相时,约翰逊不得不承认荒木安贞确无其人。不过,他摆出一大堆后现代理论为自己辩护,从法国福柯的"作者之死"到俄国当代的"超作者"理论,想证明"作者"的概念已经过时,文学其实是社会集体创作的产物。

真相大白后,美国及世界文坛议论纷纷,有些人认为这是一部后现代杰作,弄假成真,促使读者重新思考文本与作者的关系。有些人则认为这是无耻的骗局,利用广岛灾难出风头,沽名钓誉。最奇怪的反应则来自日本本土，《朝日新闻》连登专题文章，介绍美国文坛的这个"丑闻"，对事情本身不予置否，只觉得美国人上当活该。本来美国在广岛、长崎投掷原子弹，惨无人道，可美方却坚持是战事所逼，推卸责任，美国民众则一直感到内疚。而日本人在二战中侵略别国，也干了无数惨无人道的恶事，因此对核爆一事也有口难言，只能自作自受，但是暗地里还是觉得美国欠他们一笔。现在有美国造的日本"假诗人"，写核爆的悲剧，让美国人读后哭哭啼啼，同情心倍增，事后才如梦初醒，大呼上当，这在日本人看来，确是一场隔洋好戏。而这戏取名为《花开二度》，也算贴切：一指核爆蘑菇云，历史悲剧；二指假戏真做，假花与真花争奇斗艳，不亦快哉！

四、疯子与扫把

在 2005 年的一次讲演中，美国当代著名诗人迈克·帕尔玛（Michael Palmer）曾引用一位苏俄诗人的话宣称："诗歌是一把犁，给时间耕地，把深层的东西翻起来，黑土才会呈现在上面。"从 20 世纪 70 年代以来，帕尔玛的诗作一直以其语言的深度和启示录般的活力，在美国诗坛独树一帜。从最早 1972 年出版的《布莱克的牛顿》，到 2011 年出版的《线条》，帕尔玛的 20 多本诗集既具英美诗歌传统的优雅，又发挥现代派的大胆创新。融艺术美学、语言哲学、时事政治为一体，深刻挖掘时间与现实，帕尔玛的作品把美国诗歌提到了继 20 世纪 60 年代垮掉派之后的又一个新的高度。

在帕尔玛的字里行间，我们可以感到诗歌在不断地质问自己，斟酌自己跟世界的关系，寻找自己在现实里的地位。尤其在人类语言正被鼓吹战争的政客与骗子肆意践踏的年代，帕尔玛觉得每一行诗是一次清洗语言的机会。肯尼迪总统曾说过："当权利腐化时，诗歌来净化。"因此，那些让人产生惰性的陈词滥调，被诗人玩于手掌，颠来倒去，点石成金，将它们沦为自己诗歌的笑柄和材料。这一特点使帕尔玛成为美国语言诗派的代表人物之一。

　　帕尔玛的诗往往不是独白，而是对话；不是独自一人在柏拉图的山洞里给世界发信号，而是在茫茫人海中、语言的沙漠里寻找回音。他早年的诗集《回音湖札记》（1981），就是探索像蝙蝠一样在黑夜里，靠回音来辨别方向的能力：

　　　　　　　　他跟谁讲过

　　　　　　　　她信其所见吗

　　　　　　　　谁在发话

　　　　　　　　谁的话形成蹩脚的弧线

　　　　　　　　最后狮子说话了吗

　　　　　　　　那睡狮说话了吗

　　　　　　　　……

　　　　　　　　谁告诉你这些的

　　　　　　　　谁教你怎样讲话

　　　　　　　　谁教你不要讲话

　　　　　　　　谁的声音掏空一切

　　　　　　　　（《回音湖札记之四》）

这一连串问题，都暗示有一个对话者，一位听众。即便是独白，帕尔玛的叙述者也往往呈现精神分裂症的征兆：

> 那声音，由于它的严厉，经常会惹起尘埃。
> 那声音，由于它的严厉，有时会企图模拟尘埃。
> 有人会说，我透不过气——仿佛被尘埃窒息。
> 声音随着肉体衰老。
> 它会说，锁眼里逃出来的光塑造了我的形状。
> 或者，我就是那光的形状。
> 它会说，身体要呼吸，就得剥掉一层。
> 它会说，接下来是一张图片，代表我此时的处境。
> 它会说，玫瑰是红的，二二得四——仿佛有人在场。
>
> （《循环》）

在世界的黄昏，帕尔玛曾感叹："我们有幸跟别人一起工作。"他又说："对话就是思想。"而在对话中，难免有暂时的沉默、尴尬、不安、空缺、犹豫、疑惑、模拟、引用、责问，等等。这些都是帕尔玛作品里常见的场景片断，也是诗歌存在的状态。最可怕的是那"掏空一切"的、独裁暴君式的声音，硬把墙上的有些字"指定为真理"，而另一些作为艺术拍卖：

> 墙上有些字
> 将会被指定为真理

有些为艺术

……

有些字和图像

或图像的一部分

已被人鑿掉

它们往往

在别的城市

城墙前的路边小摊

被拍卖

（《声明》）

这些"完美的半月"，只是"都市的谎言"：

这个完美的半月

属于都市的谎言

骗子和傻瓜正当权，有什么稀奇

我们已开始寻找春天的征兆

或许那两只蓝鸟

昨日从山楂树间一闪而过

在那背景里，调羹敲杯的刺耳之音

此日一个小孩被大海卷走

（《这个》）

1996 年，在给北岛的英文版诗集《在天涯》所作的序言里，帕尔玛借用中国诗人的作品，提出诗歌远近的概念，这同时也是一个时间与世界观的概念。他所谓的 far away near，直译为"遥远的近"，可用中文"远在天边，近在眼前"来理解，说明诗歌所创造的不仅是一个距离观，而且是一种现时性，融合过去与未来。否则，语言将变成威尼斯的那座叹息桥，囚犯经此桥入狱，一去不返，再也看不到外面的世界：

> 答案是
> 记忆，一台高效率的
> 引擎由世俗的遗物
>
> 操纵，而问题
> 是有关欲望的峡谷
>
> 它上面跨着一座
> 叹息不知的桥
> （《通往语言的路上》）

拒绝历史叙述的单向行驶，拒绝成为僵化语言的囚犯，帕尔玛宣称："诗歌是对遗忘的反抗。"以这种艺术精神，诗歌才能达到一个新的伦理高度，成为对固化的正统文化的抵抗和批评。

五、诗歌的一指禅功

我跟 2013 年 8 月过世的爱尔兰著名诗人谢默斯·希尼（Seamus Heaney），只有几面之交。若套用古人"君子之交淡如水"的说法，那就是抬举自己了。人家是诗坛巨星，诺贝尔文学奖得主，我不敢高攀。况且，这年头环境污染严重，水质欠佳，再用水字来形容交情，恐怕大雅、小雅俱伤。不过，我跟希尼的那几次接触，却让我记忆犹新，永志难忘。

20 世纪末最后一年，我刚读完文学博士，有幸被哈佛大学英文系聘去教美国诗歌。我原来读书的布法罗诗歌专业，打的是实验派、先锋派的旗帜，跟英美主流派诗歌格格不入。哈佛作为学府重地，艺术思想尤其固守成规，以至于我刚到不久，就产生一种身陷囹圄的感觉。幸亏，那几年希尼也在哈佛，担任英文系的爱默生驻校诗人，才让我觉得还有点希望，能找到一个谈诗的人。可是他总是行色匆匆，忙着到处讲演、诗歌朗诵，很少在校园里看到他的踪迹。直到有一天，一个偶然的机会，好像是一次讲座散场，大家都往外走时，我碰到了希尼。他边走边摇头，见到我，劈头就说："哈佛没有诗歌。"那句话正讲到我的痛处，于是两人约好，改天聚聚，一起发发牢骚。

几天后，我跟他约了在哈佛的教工会所（Faculty Club）吃午饭。去过哈佛的人都知道，那里几乎每幢房子都是有历史的，其教工会所是专家、学者碰头聊天，或各大院系接客迎宾的地方，里面的装潢摆设更是讲究。对于我这种不知好歹的外来者，走进这种深不可测的地方，若说像刘姥姥进大观园，未免有点夸张过火，可能用英语里的"bull in a china shop"（公牛闯入瓷器店）来比喻，较恰当。会所墙上挂着的许多油画肖像、发黄照片，我只对一张感兴趣，就是中国第一位留美博士容闳，其正襟危坐的"玉照"挂在二楼幽暗的走廊里。

我们在客厅碰面后，就进主餐厅，挑一个角落坐下。希尼刚过花甲之年，一头蓬松的白发，穿着随意，简单的外套，加一条不起眼的领带。他说一口带着爱尔兰口音的英语，红红的脸，看似长年酗酒的结果。那时他的《贝奥武夫》（*Beowulf*）译作刚刚出版，那部英国古代长篇英雄史诗，希尼花了几十年的心血，才把它译成现代英语，在英美诗坛、出版界影响极大。几年前翻译过庞德的《比萨诗章》的我，于是斗胆跟希尼聊起诗歌翻译。我问他，作为一个从小讲爱尔兰语长大的人，为什么要选择翻译古英语史诗？他说，虽然现代英语在他的家乡（北爱尔兰）是殖民语言，但是他从小对英语就怀着一种复杂的感情，而且古英语的发音、用词其实跟他的母语较近，让他有亲切感。翻译古英语，就等于独辟蹊径地回到他的母语。他引用苏俄流亡诗人约瑟夫·布罗茨基（Joseph Brodsky）的话："诗人的履历往往体现在他们所造的声音里。"在《贝奥武夫》里，他时常听到小时候乡下姑母所讲的爱尔兰方言的回声。

既然提到家人，我就把话题转到他的成名作《挖掘》（*Digging*），头两行是这样写的：

　　在我的食指和拇指之间

　　歇着矮胖的笔，舒适得像一把枪。

　　那诗接着把只会以笔代枪的"我"跟扛锄挖地的父亲、祖父相比，自叹不如："我没有锄头去追随他们那样的男人。"但诗人并不泄气，在诗歌结尾宣称："我要用笔来挖掘。"几十年来，希尼的作品一直以其考古式的深度挖掘著称，无论是个人、文化、历史或者语言的层次。但此时我只想问他一个小小的问题：什么是"矮胖的笔"（squat pen）？这说法有点怪。听到我的好奇，他咯吱笑了一声，从外套里面的口袋掏出一支又短又粗的钢笔，模样大小都跟他的拇指差不多。"这就是我得心应手的矮胖笔，"他笑着说，"我的祖祖辈辈用锄头种土豆，而我手无寸铁，只能靠一根手指大小的笔来创造一切。"于是我告诉他中国的一指禅功，觉得他的诗艺跟那功夫有点像，尤其是他的那句诗"舒适得像一把枪"（snug like a gun），更是静中有动、居安思危，因为"snug"（舒适）倒过来就是"guns"（枪）。他说有道理，便又回忆起他年轻时参与北爱尔兰独立运动的活动，那时枪杆子和笔杆子很难分开，这就影响了他后来的诗歌走向。

　　谈到这里，午饭时间早过了，餐厅的食客已经寥寥无几。我们就很快收场，握手告别。牢骚没发成，可是我已心满意足了。

　　我再一次见到希尼是好几个月之后，一个冬天的深夜，我在办公室里挑灯夜战之后，回家睡觉。走在积满雪的麻省大街，路上灯光昏暗，车辆行人都很少，只有几个路边酒吧里面还可以听到喧哗的噪声。此时，其中一个酒吧的门突然打开，出来一个男子，踉踉跄跄地过马路，好像还哼着小调。我仔细一看，原来是希尼。我赶紧上前跟他打招呼，他认出是我，说了一声 hello。我问要不要扶他过马路，或送他回家，他一口拒绝，说没事，就继续哼他的小调，走了。望着他远去的身影，我有点感叹，一位诺奖得主，冬夜独自在无名小店喝酒，步履蹒跚地回家，这人生到底是为了什么？哀叹之余，我又想起艾略特（T. S. Eliot）的《荒原》。在手稿里，那篇长诗的开头并非现在人人熟识的"四月是个最残忍的季节"，而是波士顿的夜景，一群爱尔兰人哼着小调，通串酒吧。艾略特把手稿寄给庞德，结果后者大笔一挥，把原来虽然格调不雅、却有声有色的诗章开头给砍掉了。深夜偶遇希尼，那凄凉无奈的感觉，使我对艾略特创作《荒原》的原意，略知一二。

一年以后，高行健得了诺贝尔文学奖，我非常震惊，因为我一直觉得假如有中国作家得此殊荣，非北岛莫属。那天早上，我去系里，刚好遇到希尼，我脱口而出，说这奖给错人了，应该颁给北岛的。此时，几年前刚得了此奖的希尼，凑在我耳边，悄悄地说了一句话："他们总是给错人的（They always give it to the wrong person）。"说完，他眨眨眼，令我忍不住笑了。

罗伯特·洛威尔（Robert Lowell）曾经称赞希尼是"自叶芝后最伟大的爱尔兰诗人"，我想此评价并不过分。2013 年 8 月，噩耗传来，国际诗坛陨落一颗巨星。悲痛之余，我想起那唯一一次跟希尼聚餐，那天其实刚好是我的生日，他送了我一份特别的礼物：一块玻璃镇纸，上面是叶芝墓地的照片，碑文是叶芝的名句："冷眼／看生死／骑士，往前走"。用墓碑作生日礼物，乍听有点怪诞，但希尼送我的，是他最崇拜的民族诗人的警句。更珍贵的，则是他那音容笑貌、风趣智慧所给我留下的回忆。谨著此文，祝远去的骑士，一路平安！

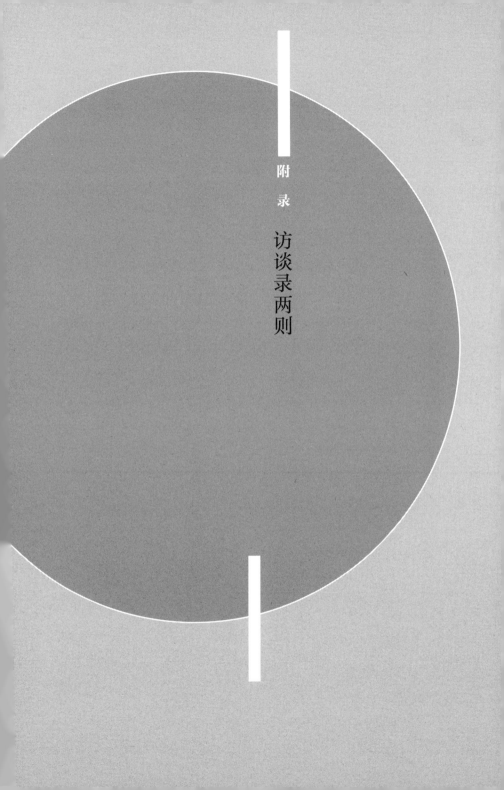

附　录

访谈录两则

一、翻译是诗歌的最高境界

——黄运特访谈录

张 洁

张：您最喜欢翻译哪一类作品？

黄：我最喜欢的是诗歌翻译。我将英美现代诗翻译成中文，又将中国古典诗翻成英文。翻译的英文诗都是现代派、实验性的，而我翻译中国诗也是一个实验。

张：那如果我说您的诗歌翻译本身是一种诗歌实验，您同意吗？

黄：当然。我喜欢现代派和实验派的诗歌，因为它们突出了语言的特征。这种诗歌经常被指责为文字游戏，只顾形式不顾内容，但其实对形式的关注是对语言的探索，我觉得这种诗歌很能体现英文的技巧、特色。形式陈旧的诗，即使内容新颖，也无法体现语言的特色。翻译涉及语言的比较，是对两种语言特色差异的摸索。翻译必须考虑怎样把语言特色表现出来。实验派本来就关注语言，再经过翻译就更能体现语言的特色。

张：这就涉及语言差异和可译性的问题。英语、汉语差异很大，有时候就像油画和国画的区别一样，虽然都是绘画，但是介质不同，各有各的特色。英语现代诗的特色体现在其对英语传统的突破，这种突破可以移植到中文里来并且产生类似的效果吗？

黄：原文中比较新颖的表达，如果用中文的俗语来套，就没多大意义了，可这正是许多人翻译形式创新的作品时容易犯的错误。翻译现代派的诗歌有利于探索汉语新的表达方式，新文化运动时期的欧化就是通过翻译探索汉语的发展之路。不是有个比方吗，翻译就好像住在两栋楼里的两个人，在楼上打开窗户互相叫喊时，由于距离太远，听不见，没法交流，于是他们走到地下室去，下面有一个通道。也就是说在平常的层面上他们没法交流时，可以在各自的语言大厦里往下走，或者两人都走出来，对吧？但是彻底走出来不可能，因为人是居住在语言里面的，但至少可以更深入地挖掘。语言学家勒赛尔将存在于语言规范的威力之下，受到语言规范压抑、排斥的表达法称为"残余"（remainder），假如两种语言的"残余"可以沟通的话，就可能是一个捷径。

张：这个比喻很有趣，可以给一些具体的例子以便于我们理解吗？

黄：比如北岛约我翻译的美国当代诗人迈克·帕尔玛的作品里面有一句，the words and half words，我把它翻译成"一些词语和半词语"。当时北岛就问我，为什么不把"half words"译成汉语现成的词汇"只言片语"，听起来不是更美吗？"半词语"是比较拗口的，但是你如果对英语理解得比较透彻的话，你会知道"half words"是生造的，是诗中疯子说的话，假如译成"只言片语"就无法表现出语言疯狂的特性。所以你只能直译，在直译中出现了两种语言的"残余"相互碰撞、沟通、结合的机会。你看我的英语诗集叫 *Cribs*。"Crib"一词就有直译的意思，就是逐字翻译，是尚未串通、没润色、还没成为最终产品的翻译，两种语言还在地下室中进行私下的交流、交手，还没有抛头露面的，还处在临时、探索、实验的状态。

张：您翻译了庞德的《比萨诗章》，在 *SHI* 的序言中，您也提到庞德对您的翻译观的影响，您刚才说的观点也是受庞德的启发吗？

黄：是的，我是从庞德那里学过来的。有人批评庞德的翻译不准确，误解中国语言的本质。而庞德是继承了费诺罗萨对中国语言的理解。从正统的语言学角度来讲，他们对于中国语言的理解确实是错误的。但是他们研究的是诗歌，是语言的诗性，而诗性是不好专门用语言学来解释，甚至用修辞学也都解释不了，这就好像是语言里的潜意识。庞德对中国文字的理解，是超出语言学的。譬如，庞德认为"东"（東）字是一个太阳卡在了树梢上，因此指东方。对庞德来说这是自然的语言，是很形象的。但是很多时候他对汉字的理解是与词源不符合的，是臆想出来的，但是诗歌和语言学并不是一回事。诗歌语言本来就像疯子一样，我不是在说浪漫主义说的非理性什么的，我的观点是，诗歌本身就是对于语言的探讨。庞德说，作家诗人是每个文化、种族的天线。翻译好像是两条天线在互发信号，来来回回，意义是很深远的。

张：庞德是借鉴东方，借鉴中国的文字、文化对英语诗歌进行创新，您将庞德翻译成中文时，让庞德回到中国时，这种创新在翻译里如何体现呢？

黄：庞德是个很有意思的例子，他是一个翻译诗人（a translational poet），他的《诗章》中用了 20 多种语言，人家问他为什么要在诗歌中用那么多种语言，庞德说，人类智慧的总和，不是任何一种语言能够容纳的，没有一种语言能够单独表现人类各种方式、各种程度的智慧。他引用那么多语言的原因，就是将人类语言的精华、最精粹的表达方式用到他的诗歌里。他想在诗歌中造成各种语言的交流、对话，比如说他有时候会从拉丁文转到中文，再转到英文，你仔细研究，就会发现，他绕来绕去总是围绕某一个点，就像意象派诗歌一样，有一个贯穿在各种语言里的意象，这样做技术难度很大，因为他的诗歌本身就是翻译。这其实是翻译中的一个新的话题：如果文本本身就是翻译，那你怎么办？本雅明讲译文是不可译的，只有原文是可译的。庞德的诗歌其实是不需要译的，要译的话就选一个语种。说来说去他主要是英语诗人，所以我们也不要说得太过头、太夸张，他至少不是李白，不是汉语诗人。我们可以翻译英语部分，但是如果把外文部分全部翻译成中文的话，其实是违反他的诗歌宗旨的。这里我得透露一个秘密，也是我作为译者的坦白。我翻译的庞德作品是在 1998 年由漓江出版社出版的，在我的译文初稿里，我本来想保留庞德的多语种、译体诗的原样，只翻译英文部分，至于其他非英文的外语，我都保留在诗里，只在脚注里提供翻译。这样一来，在中文的译本里，拉丁文、希腊文、法语、德语等都同时存在，我觉得这是对庞德诗艺的最理想再现。可是，当时的出版社编辑认为读者无法接受这样多语种的诗歌文本，要求我把它们全部译成中文。可惜我当时还只是一个卑微的学生，讲话没有任何说服力，胳膊拗不过大腿，只能接受出版社的要求，但是至少我在脚注里说明原句子是非英语的外文。这个妥协是我作为庞德作品译者的最大遗憾。现在，一家出版社计划让我出修订版，我想这次或许可以说服出版社，让中文读者领略到庞德的多语种、翻译诗艺的风采。

张：您描述的庞德翻译诗歌诗艺很有意思，这是不是说明他跟本雅明在语言观方面具有很大的相似度？本雅明在翻译中寻找纯语言……

黄：庞德是通过翻译去寻找诗歌，而诗歌正是他心目中的纯语言。

张：这种诗歌用的是包含着多种语言要素碎片的纯语言，在这个方面他们非常相近是不是？

黄：是的，非常相近。庞德讲过这样一句话，"一个伟大的文学时代一般总是一个伟大的翻译时代，或者紧跟在伟大的翻译时代之后"。在某种意义上讲，翻译是诗歌的最高境界，因为翻译是诗歌的归宿，是它的死亡与再生，这就是本雅明说的来世（afterlife）。

张：说到再生，在您翻译的中国古诗集 *SHI* 当中，是不是可以将庞德对您的影响概括成：借鉴汉语的独有特色对英语语言进行创新。

黄：嗯，是。或者说，让汉语在英文里再生。像我刚才说的，我感兴趣的是两种语言接触的中间地段。赫尔曼·梅尔维尔称之为

"致命的中间地"，就像两方交战之前片刻的静止，一旦越过，就会有人被杀掉，但是交战之前，双方都还是生动活泼，充满各种潜能的。跨过这个界限之后，经常一种语言会被另一种语言吞并，比如刚才说的"half words"翻译成"只言片语"，"half words"作为词汇的特色就被中文吞掉了，它的"异"就消失了。我翻译的诗歌，就是在这两种语言之间来回穿梭，与其说是严格意义上的翻译，还不如说是把两种语言放在一起，看看会发生什么事情，像一个化学实验。在翻译实验中寻找、再创诗意，这跟美国诗人弗罗斯特的名言"诗是翻译中丢失的东西"刚好相反。

张：在 *SHI* 当中，您将每首中国古诗都翻译成了四个版本，您能介绍一下这四种版本各自的特色吗？

黄：其实是五个。第一步是传统意义上的翻译，将它们译成可读的英文诗，譬如，把"渭城朝雨浥輕塵"译成"Wei City's dawn rain wets the light dust"。第二步就是旁边的注解，有时没有注解就无法理解，譬如，解释渭城是什么地方。第三步叫更多的解释（more explanations），解释中文字词表达方式的诗意在哪里，譬如，"輕"和"塵"两个字，前者左边的偏旁"車"要倒过来，转九十度，就可以看出是一辆车，两个轮子，一个轴心；而后者，"塵"，原意为鹿在土上奔跑，激起尘埃。第四步叫激进的翻译（radical translation），就是把所有的偏旁部首都翻译出来，譬如把刚才王维的诗句译成"Wei City sun-moon-dawn rain wet carriage-light deer-dust"。这个就相当于"残余"，是语言的潜意识，连本族人平时也没有意识到的，我把它翻译出来。第五步是诊断翻译（diagnostic translation），是诊断式的。我诊断的是什么呢？你看我列了两个表，左边是 What's in English，包括 " 's, -s, the, found（find 的过去式）"，是英语里没法翻成中文的东西，如名词的复数形式、动词变格，等等，一些中文里没有的语法功能。而右边的表是 What's in Chinese，包括"土、日、月、雨、口、人"等等，是中文里没法翻译成英文的东西，一般都是偏旁部首、意象、图像，等等。为什么叫诊断式呢？一个语言的骨子里、潜意识里有没法翻译到另一种语言中的，诊断就是诊断一种语言中哪些成分、元素无法重新组合，转化到另一种语言里。从某种意义上讲，这两个表，What's in English 和 What's in Chinese，是这首汉语诗在英文与汉字中两个截然不同，又相辅相成的存在模式。就像我在 SHI 的序言里打的比方：古人在山壁或石碑上刻字时，用工具在石头上凿出沟来，我们通常把那些凹形的痕迹叫字。其实，反过来讲，或许那个被凿掉的部分，那些石灰、碎片，才是语言的真谛。这两个表就是那些石灰、碎片。因此，就像我上面说的，我翻译的一个目的，就是去实验一下，看看语言之间到底有哪些元素可以转换、异化。这种语言实验最好在诗歌里做，也可以说诗歌是翻译的最佳实验室。

[DIAGNOSTIC TRANSLATION]

What's in English: *What's in Chinese:*

's（Wei City's）   氵　（water）

-s（wets, greens）   土　（earth）

the   日　（sun）

found（"find"）

月	（moon）
雨	（rain）
車	（carriage）
鹿	（deer）
馬	（house）
青	（blue）
木	（wood）
斤	（blade）
口	（mouth）
皿	（vessel）
一	（one）
酉	（wine）
西	（west）
來	（come out）
門	（gate）
無	（no）
人	（man）

张：您刚才说注释本身也是一种翻译，这种说法好像不常见，您为什么这么说呢？

黄：这里面有几个原因。孔子说：述而不作。述就是编辑，不是创作，这是个学者模式。我自己是个诗人，也是个学者，我比较注重研究，我不相信一首诗你懂就是懂，不懂就是不懂，我觉得要到懂的程度，你要做很多研究。另外，在庞德与费诺罗萨的关系中，有这样一种观点，认为费诺罗萨只是一个学者，做了很多有关中国文字的笔记，杂七杂八的，但是诗意没有显示出来，是庞德通过一个天才诗人的直觉，像采矿一样将费诺罗萨笔记中的金子采掘出来。对这种观点我是反对的，其实费诺罗萨对于中文诗意的理解是很深的。最后，我注重注释，是因为庞德诗歌的本身。庞德是一个翻译诗人，翻译诗人很大的特点就是他是采集者，像蜜蜂采蜜一样从世界各种语言中采集精华，也有点像人类学家研究各种文化的真谛、宗旨的方式，他把采集到的放在一起，像万花筒一样。庞德的诗歌本身就是诗歌想象与文化翻译的奇异的混合。文化翻译没有注释是不可能的，庞德的诗歌里有 20 多种语言，你不研究怎么行，靠直觉是不可能的。我翻译庞德的 11 首《比萨诗章》用了两年多时间，有一件很痛苦的事情，就是注释让我费尽心血，他的诗歌没有注释是读不懂的。从这段经历中，我深刻地意识到，要看懂庞德类型的诗，必须靠注释的帮助，所以注释也是诗的一部分，因为翻译时的注释是对诗意的探讨，属于直译，发生在我上面说的"致命的中间地"里。

张：在您的《跨太平洋位移》（*Transpacific Displacement*）一书中，有一章是《作为民族志的翻译》，讨论当代中国诗在美国的翻译问题，您能将这部分的观点概括一下吗？

黄：这个问题在 20 世纪八九十年代比较严重。美国人有喜欢寻找异国情调的传统，过去在中国古典诗中找。到了八九十年代，特别是冷战以后，美国诗歌界介绍中国文学时，往往将文化与政治紧密挂钩，他们一般要寻找一些民主人士的诗歌，觉得这些诗歌能够反映中国社会现状。总之，他们是主题先行。所以中国小说在英美国家很流行，因为故事内容对于英美读者比较好懂，但是语言本身没有什么创新。至少在介绍过程中，他们根本不注意中国当代诗人对汉语的研究、探讨、创新，所以我说他们的翻译就像民族志，他们翻译的目的就是了解中国社会现实。但是用庞德的观点来看，中国社会现实应该体现在诗歌语言的敏感度上。比如，北岛的朦胧诗对毛氏文体的改变，这是朦胧诗一个很大的贡献，但是假如他们在翻译中表现不了这一点的话，那就是对诗歌艺术的抹杀。

张：中国现在特别注重中国典籍的西译，对这个问题您有什么看法和建议吗？

黄：这个问题很大。过去在殖民时代，西方文学在全世界盛行，并非因为被殖民者对西方文学感兴趣，有时候是没办法，被强制的，人家拿枪顶着你，你读不读啊？西方文化在全世界传播是在那样的文化背景下产生的。而现在是市场竞争，文化传播与殖民时代的方式一定是不一样的。在西方，一般有教养的人对中国文化还是感兴趣的。这其实是个文化生意，要看你怎么做，这里面需要耐心、时间，当然也要有实力。中国20世纪五六十年代外文社典籍翻译的质量很高，影响却未必很大，就是因为翻译的推广也是一个市场推销的问题。要学会做文化生意，中国典籍才有可能成功地向世界推广。

二、中国文学如何走出去？

——《中国现代文学大红宝书》编译者黄运特访谈录

张　洁

（一）编译的初衷和项目发起

张：您编译这本《中国现代文学大红宝书》的初衷是什么？

黄：我一直读的是英文系，专攻英美文学，也做过很多中英互译的工作，如庞德《诗章》、美国当代诗歌、中国古典诗歌等。我的初衷，也是我多年来的心愿，就是想利用自己对英美文学、文化的了解，把中国文学里最好的东西译介过去。有些人认为只要搞好译本质量，中国文学就可以走出去了，其实不是这么一回事。外国文学译介到中国的漫长过程，每一步都是跟中国的国情、文化、思想变迁紧密相关的，而且都是由扎根于中国、熟识国情的中国人自己搞的，不是外国人推销给我们的。倒过去想，要把中国文学介绍给人家，可是对人家的文学、文化摸不透，译介工作肯定没法做好。所以，要搞中国文学外译，先要疏通英美文学，积累文化资本，这是我编译这本书时所怀的信念。

张：编译《中国现代文学大红宝书》这个项目是如何发起的？

黄：我的上一部英文著作《陈查理传奇》，是美国诺顿出版社出的，反响挺好。诺顿出版的汉学家宇文所安（Stephen Owen）编辑的《中国古代文学选集》是美国大学里比较流行的课本，可是诺顿一直没有现代选集。于是，一位编辑就找上门来，问我是否有兴趣帮诺顿编一本现代中国文学选集，她说虽然中国当代小说在英美市场还算有一定的销路，可是英语读者对中国20世纪文学史几乎一无所知。这刚好给我一个实现多年心愿的机会，我就欣然答应了。

（二）中国文学英译现况

张：那编辑说英语读者对中国20世纪文学不了解，难道美国市场上没有一本中国文学选集吗？假如有，是哪几部？您编辑的这一部文集的特色何在？

黄：有的，最主要的是美国翻译家葛浩文（Howard Goldblatt）与刘绍铭（Joseph Lau）合编的《哥伦比亚中国现代文学选集》，1995年首版，选了中国大陆、台湾、香港三地的作品，主要是以教材的形式编排的。我编的文集有两个特点：一是我不仅想让文集适合大学课堂，更重要的是，它可以让读者从头看到尾，像读一本完整的故事。英文里叫"pedestrian paperback"，可以揣在兜里，随时翻翻。另一个特点就是我只选了中国大陆的作品，因为通过这本书我想给英语读者讲的是一个完整的故事，是 20 世纪中国大陆人的心灵磨难史。如果要加入中国台湾和中国香港，那么故事就不一样了。在英美文学史上，成功的、有影响力的文学选集都是像一本可读性很强的故事书，不是死板的大学课本。这是我们向国外推介选集时要注意的，我见过好几本中国当代选集，编得太散，没能给读者留下一个深刻的整体印象。

张：除了选集之外，能否谈谈迄今中国文学英译的概貌？

黄：不同历史时期的中国文学，外译传播的情况大相径庭，可以分成古典、现代、革命、当代文学这样一个四部曲来分析。中国古代文学经典著作，不管是小说还是诗歌，从 20 世纪初开始就有大量英文译介，在英美文学界、读者群和学术界都大受欢迎，接受程度很高，现在也是一样，譬如《西游记》《红楼梦》等等，还是比较畅销。现代文学步其后尘，主要以小说译介为主（鲁迅、老舍、张爱玲、茅盾、萧红等），诗歌则略有逊色，这主要跟五四时期诗歌摆脱古体诗的约束、吸收国外诗歌影响的发展过程有关。革命文学（1949—1976）的译介可能是四个阶段中最薄弱的环节，尽管此间国内以《中国文学》杂志为代表，作了大量海外宣传，但迄今对这方面的研究也才刚刚起步，值得深入探讨。我编译的《大红宝书》就在这方面做了一点努力。当代文学的译介最复杂，因为此中掺杂着美学观念、意识形态和市场经济等多种因素。这段时期的文学译介，既继承了前三段时期的一些历史传统和包袱，也具有一定程度的探索创新，诗歌和小说并驾齐驱，重现了古典文学译介的光彩。

（三）国外媒体反应

张：您编的《大红宝书》，为什么能在国外媒体引起这么大的反响？您能否从中总结出一些经验以供搞译介的人借鉴？

黄：一本书能否受到媒体注意，取决于书的质量、题材等内在因素，还有出版社的名气、编辑的威信等外在因素。我的书之所以能上《纽约时报》这样几乎从未为文学选集发表专题评论的报刊，除了跟诺顿的牌子有关，也可能跟书的构思有点关系，即上面说的，我并不只想编一部课本，而是一本可以从头看到尾的故事书，讲述 20 世纪中国人的心灵磨难史。好几篇书评就是抓住这点展开讨论的。当然，要打进像诺顿这样好的出版社，并不容易，其中有一个细节，很多搞中国文学外译的人都忽视了。在英美国家，找出版社出书时要做的第一件事不是递书稿，因为有名的编辑根本没有时间看你的稿子。这时需要的是一个高质量的新书提案（book proposal），一般三千字左右，要把书的内容、构思、独特之处，解释得淋漓尽致，具有强烈的说服力，这样书稿才有可能被出版社接受。我看过一些中国发过来的小说新书提案，都是由国内的中文编辑写好内容简介，再找人译成英文，未作适当的编辑和调整，就寄过来了，跟这边的要求根本不合拍，很多优秀的中国文学书就因为这个关键步骤脱节而被拒之门外。新书提案的重要性不仅仅在于攻破出版社的大门，它还在一定程度上决定这本书今后在英语世界里的命运，因为提案中的观点和说法，往往会被出版社的推销部门采纳，连锁反应到今后书评者的阅读眼光、媒体报道。这看似出版问题，其实是译介工作。熟悉两国文化，才能编好新书提案，走好外译程序中至关重要的第一步。

（四）译本版本选择考量

张：在这本文集里，您自己的翻译占了整本书的五分之一。在译文版本选择上您有哪些原则和标准？在选择自己翻译还是使用现成译文时，您有哪些考虑？

黄：译文的选择受很多因素影响。在我选择了作家作品后，接下来的任务就是挑选译本。有些作品已经有多种版本，如鲁迅、巴金、老舍等人；有些只有一种译本，如当代小说家莫言、苏童等人；有些则很少有人翻过，如许地山的散文、车前子的诗歌。在有多种版本的情况下，我是仔细对照原文，阅读、比较译本。搞翻译研究的知道有所谓"归化"和"异化"两种不同的翻译手法。对比多种译文版本，你会发现有些"异化"过度的英译本里汉语成分太浓，但因为英语别扭，反而体现不出原文语言的优秀独特之处；而有些"归化"过度的英译本里汉语成分完全消失，读起来跟一般的英文小说相差不大。前者常见于一些大学出版社出的版本，后者常见于一些商业化的大出版社的版本，这反映了不同的出版目的和销售对象。我一般是折中，选用英文流畅、又能成功地让读者感受到原文表达方式的艺术性的译本。好的译本往往能给英语增加崭新的表达方式，带给英语读者不同的意境和氛围。当然，有时译本选好了，版权却不一定拿得到，这是译介过程中最让人头痛的事。有些出版社，美国和中国的都有，出于各种目的制造人为障碍，使优秀的文学和译本无法外传。有些是要价太高，有些根本不出售版权，虽然编入选集能给他们的出版物带去广告效应。好在我自己搞翻译，有些篇目我就逼上梁山自己动手。但是，大部分我自己翻译的篇目是事先决定的，比如，徐志摩的诗虽然有很多译本，但是出于酷爱，我一直想尽自己最大的努力，把他的几首千古绝唱译成英文。许地山的散文，也是我从小就仰慕的，但一直没有人翻译。我就趁这个机会，把我认为最好、最有中国特色的文学译介给英语读者。

（五）译介过程中的翻译问题

张：有学者认为，影响中国文学走出去的最大障碍是翻译（邵璐，2016），您同意这个观点吗？根据您刚才讲的，版权好像也是一个障碍，是吗？

黄：翻译和版权都能成为拦路虎，但其实两者都不是最大障碍。20 世纪六七十年代，中国一群国内外专家联手合作，翻译了很多中国文学典籍，质量很高，但是对中国文学走出去尚未起到很大的作用，这说明翻译不是问题。版权的障碍也是个别的、暂时性的，不伤大局。我觉得最根本的障碍是中外出版界产业机构的不同，因此造成不同的出版策略和办事方式，比如，我前面说的新书提案的重要性。除此之外，还有出版流程，编辑和作者/译者之间的关系，书籍出版前后的公关活动，出版商跟媒体的沟通，书籍评奖过程，等等，这些复杂、微妙的因素往往决定了一本书的命运。放在本国的范围里，这些事都很好懂，但是换了一个国家，不一样的体系，你会觉得不知如何下手。总之，文学译介工作是一条长龙，我们只有从头到尾看清楚了，才有可能把事情做好。光说翻译是障碍，或版权是拦路虎，都是片面的。

张：葛浩文在翻译中国当代小说时采用回顾式编译（**retro-editing**），对作品内容进行删改、甚至重写等编辑式处理，您对此有何看法？

黄：葛浩文提倡回顾式编译，让一些中国学者、译者惊讶，这就是中外出版界产业机构不同的典型例子。在英美文学里，编辑经常直接介入作品创作过程，有点像电影导演在所有场景片段拍完之后，直接参与剪接编辑过程，这种后期处理（post-production）对最后的产物有决定性的影响。最有名的例子就是托马斯·伍尔夫（Thomas Wolfe）的名著《天使望故乡》（*Look Homeward, Angel*），在作家交稿之后，他的编辑花了一年时间，跟作者紧密合作，作了大幅度的删节、修改，直到出版时，伍尔夫都觉得这其实已经成了两个人的作品。我的诺顿编辑在我交了《大红宝书》初稿之后，也是仔细地审稿，尽管她没有像伍尔夫的编辑那样大刀阔斧，但对某些篇目，譬如丁玲的《莎菲女士的日记》，还是提出了删节的建议，因为她觉得那作品受西方意识流和中国章回体小说的双重影响，一些地方叙述比较冗长。假如不是版权法的保护，她可能会介入更深（因为我买了一些现成翻译作品的使用权，合同里规定，未经过同意，我不能随意改动文字）。这种编辑直接介入作品产生过程的做法，在英美属于常规，在中国则很少。所以，葛浩文在翻译过程中，充当了编辑甚至是合作者的角色。这种做法的利弊，值得我们深思。德国翻译家顾彬就批判过葛浩文的做法，认为葛氏在译文里呈现的并非汉语作家原来的艺术观点，而是他自己的认识（Kubin，2014：220）。在我看来，对这种译介方式的褒贬，要看我们做"中国文学走出去"工作的最终目标是什么。假如只是让更多的译本在国外出版，那么回顾式编译确实有利于加快外国读者对中国文学的接受。但是，假如我们的目的是介绍真正有中国特色的文学，那么回顾式编译就成了"归化"翻译的极端例子，对中国文学外译的长远利益就很难说了。2014 年 8 月在青岛举行的一个讨论中国文学走出去的大会上，作家毕飞宇对做译介工作的与会者说过这样一句中肯之言："你们可以用文学做生意，但是请你们不要打着中国文学的旗号。"我非常赞成，我们必须保持中国文学的精髓和海外市场需求之间的平衡。

（六）中国特色的文学和翻译的文化渗透

张：在您看来，什么才是有中国特色的文学呢？

黄：这个问题没有确切的答案，在文学全球化的年代试图强行定义中国文学的特色，我们会变成国粹派。但是，在翻译中国文学的过程中，有些平时不注意到的东西，会呈现得很清晰，反而有助于我们对所谓中国特色的了解。美国诗人罗伯特·弗罗斯特有一句

名言："诗是翻译中丢失的东西。"但我觉得他说反了，其实诗歌或
文学是在翻译中发现或得到的东西。比如，我的选集里收了两首徐
志摩的诗，《再别康桥》和《偶遇》。在中文里，这两首诗读起来
朗朗上口，非常美，可称"五四"之后中国新诗的登峰造极之作。
但是，英国汉学家、翻译家蓝诗玲（Julia Lovell）在她的《纽约时
报》书评里，对我挑选的这两首嗤之以鼻。她以《偶遇》里的两
行诗"我是天空的一片云，偶尔投影在你的波心"为例，写道：
"很多 1949 年以前的诗歌，其意义只限于文学史，作为与古典文学
决裂的记录。尽管这些 20 世纪早期的诗人充分享受新的形式和表
达的自由，他们的作品有时倾向于一种自我放纵的浪漫主义。"①
蓝诗玲如此贬低中国新诗，是因为这些诗人，尤其是徐志摩，深受
19 世纪英国浪漫派的影响，比如《偶遇》，翻成英文后，译文再
好，读起来都会跟"湖畔派"华兹华斯的名诗《我像一朵浮云独
自漫游》（*I Wandered Lonely As A Cloud*）一脉相承。这样的作品，
作为英语诗，对于英国的蓝诗玲自然不足为奇。这个例子说明，硬
性定义中国文学的特色是没有意义的，一种文学的特色，只有在它
的原文语言里才能真正体现。但这并不意味着文学是翻译中失去的
东西，其实翻译给了我们一个重新发现文学特色的机会。归根到
底，文学译介的最终目的应该是通过文化渗透，吸引外语读者对汉
语感兴趣。西方文学对世界影响力如此大，跟西方语言在世界的普
及是紧密相关的。真正的软力量是语言，因为语言代表着一种世界

① Lovell Julia, "A Big Picture." *New York Times* (February 5, 2016): 21.

观，体现了一个民族对世界的敏感方式，而这种敏感方式最鲜明地体现在文学里。离开了母语的翻译文学，尤其是被"归化"翻译后的文学，其原有的敏感度消失了，于是徐志摩的千古绝唱，也成了让人不屑一顾的二流英诗。这不是翻译的过失，而是翻译遇到的极限。而正是在这极限地带，我们发现了译介中国文学的真正意义所在，即它作为文化渗透的第一步。我们对英语民族的思维、表达、敏感方式比较熟悉，不仅是因为我们熟悉他们的文学，更主要的是因为我们用英语来阅读他们的文学。我翻译过庞德，深知庞德那些受中国古诗影响的诗作，在英文里是诗坛创新之举，但是翻译成中文之后，跟唐诗宋词一比，也很难算得上是精品，可是我们懂英文，知道原文的风采，所以也无伤大雅。哪天外国读者觉得阅读中国文学外译作品如隔靴搔痒，开始攻读汉语，直接阅读中国作品，充分感受汉语的表达方式，那天就是中国文学走出去的成功之日。维特根斯坦把哲学比喻成一把有助于人思考的梯子，当人从梯子爬上去之后，他必须抛弃梯子。翻译就是这样一把维特根斯坦的梯子，没有它，中国文学是走不出去的，但是，仅靠它，那我们就会永远在阶梯上徘徊，无法更上一层楼。

参考文献

英文文献：

Aristotle. *Poetics*, trans. S. H. Butcher. New York: Hill and Wang, 1961.

Barkman, C. D., and H. De Vries-van der Hoeven. *Dutch Mandarin: The Life and Work of Robert Hans van Gulik*. Translated by Rosemary Robson. Bangkok: Orchid Press, 2018.

Bei Dao. *Form of Distance*, trans. David Hinton. New York: New Directions, 1994.

Bernstein, Charles. *A Poetics*. Cambridge: Harvard UP, 1992.

Brontë, Charlotte. *Jane Eyre*, edited by Richard J. Dunn. New York: W. W. Norton, 1987.

Buck, Pearl S. *The Chinese Novel: Nobel Lecture Delivered before the Swedish Academy at Stockholm, December 12, 1938*. New York: John Day Company, 1939.

Carter, Liz. "A Search for the Soul of the Mainland." *Los Angeles Review of Books*, May 1, 2016.

Colapinto, John. "Famous Names: Does It Matter What a Product Is Called?" *The New Yorker* (October 3, 2011).

Cohn, Peter J. *Pearl S. Buck: A Cultural Biography*. New York: Cambridge University Press, 1996.

De Campos, Haroldo. *Novas: Selected Writings*, ed. Antonio Sergio Bessa and Odile Cisneros. Evanston, IL: Northwestern University Press, 2007.

Deleuze, Gilles, and Felix Guattari. *Kafka: Toward a Minor Literature*, trans. Dana Polan. Minneapolis: University of Minnesota Press, 1986.

Foucault, Michel. *The Use of Pleasure: Volume 2 of the History of Sexuality*, trans. Robert Hurley. New York: Vintage Books, 1990.

Furth, Charlotte. "Rethinking van Gulik Again." *Nan Nu* 7. 1 (2005): 71–78.

Gallagher, Catherine, and Stephen Greenblatt. *Practicing New Historicism*. Chicago: University of Chicago Press, 2000.

Geertz, Clifford. *Local Knowledge: Further Essays in Interpretive Anthropology*. New York: Basic Books, 1983.

Gilbert, Sandra M., and Susan Gubar. *The Madwoman in the Attic: The Woman Writer and the Nineteenth-Century Literary Imagination*. New Haven: Yale University Press, 1979.

Greenblatt, Stephen. *Hamlet in Purgatory*. Princeton: Princeton University Press, 2001.

——. *Marvelous Possessions*. Chicago: University of Chicago Press, 1991.

——. "Racial Memory and Literary History." *PMLA* 116. 1 (January 2001): 48–63.

Guo, Jie. "Robert Hans van Gulik Reading Late Ming Erotica." 《汉学

研究》第 28 卷第 2 期，2011 年，第 225—264 页。

Hebdige, Dick. *Subculture: the Meaning of Style*. London: Routledge, 1979.

Henan, Patrick. *The Chinese Vernacular Story*. Cambridge: Harvard University Press, 1981.

Hinsch, Bret. "Van Gulik's Sexual Life in Ancient China and the Matter of Homosexuality." *Nan Nu* 7. 1 (2005): 79 - 91.

Howe, Susan. *The Midnight*. New York: New Directions, 2003.

Hsu, Madeline Yuan-yin. *Dreaming of Gold, Dreaming of Home: Transnationalism and Migration between the United States and China, 1882 - 1943*. Stanford: Stanford University Press, 2000.

Huang, Yunte. *The Big Red Book of Modern Chinese Literature: Writings from the Mainland in the Long Twentieth Century*. New York: W. W. Norton, 2016.

——. *Charlie Chan: The Untold Story of the Honorable Detective and His Rendezvous with American History*. New York: W. W. Norton, 2010.

——. *Cribs*. Hawai'i: Tinfish Press, 2005.

——. *No Poetry: Selected Poems of Che Qianzi*. New York: Polymorph Editions, 2019.

——. *SHI: A Radical Reading of Chinese Poetry*. New York: Roof Books, 1997.

——. *Transpacific Displacement: Ethnography, Translation, and*

Intertextual Travel in Twentieth-Century American Literature.
Berkeley: University of California Press, 2002.

——. Transpacific Imaginations: History, Literature, Counterpoetics.
Cambridge: Harvard University Press, 2008.

——. "Was Ezra Pound a New Historicist? Poetry and Poetics in the
Age of Globalization."《外国文学研究》第 6 期, 2006 年, 第
28—44 页。

Idema, Wilt. "The Mystery of the Halved Judge Dee Novel: The
Anonymous Wu Tse-T'ien Ssu-Ta Ch'i-An and Its Partial Translation
by R. H. Van Gulik." Tamkang Review 8. 1 (April 1977): 155 – 170.

Jullien, Francois. Detour and Access: Strategies of Meaning in China
and Greece. Translated by Sophie Hawkes. New York: Zone Books,
2000.

Karlgren, Bernhard. The Book of Odes: Chinese Text, Transcription
and Translation. Stockholm: The Museum of Far Eastern Antiquities,
1950.

Kubin, Wolfgang. "Translators in Brackets, or, Rambling Thoughts on
Translation Work." Ming Dong Gu & Rainer Schulte, ed. Translating
China for Western Readers: Reflective, Critical and Practical Essays.
Albany: State University of New York Press, 2014: 217 – 228.

Lai, Him Mark, Genny Lim, and Judy Yung, eds. and trans., Island:
Poetry and History of Chinese Immigrants on Angel island, 1910 –
1940. Seattle: University of Washington Press, 1991.

Lau, Joseph S. M., and Howard Goldblatt, ed. *The Columbia Anthology of Modern Chinese Literature*. New York: Columbia University Press, 2007.

Lecercle, Jean-Jacques. *The Violence of Language*. London: Routledge, 1990.

Lee, Leo Ou-fan. "Foreword." In Jaroslav Prusek, *The Lyrical and the Epic: Studies of Modern Chinese Literature*. Edited by Leo Ou-fan Lee. Bloomington: Indiana University Press, 1980.

Link, Perry. "If Mao Had Been a Hermit." *New York Review of Books*, April 7, 2016.

Liu, Alan. "Local Transcendence: Cultural Criticism, Postmodernism, and the Romanticism of Detail." *Representations* 32 (Fall 1990): 75 - 113.

Lovell, Julia. "A Big Picture." *New York Times* (February 5, 2016): 21.

Miyoshi, Masao. *Off Center: Power and Culture Relations between Japan and the United States*. Cambridge: Harvard University Press, 1991.

Monk, Ray. *Ludwig Wittgenstein: The Duty of Genius*. London: Penguin Books, 1990.

Owen, Stephen, ed. *An Anthology of Chinese Literature: Beginnings to 1911*. New York: W. W. Norton, 1996.

——. *Readings in Chinese Literary Thought*. Cambridge: Harvard

University Press, 1992.

Plaks, Andrew, ed. *Chinese Narrative*. Princeton: Princeton University Press, 1977.

Poovey, Mary. *A History of the Modern Fact: Problems of Knowledge in the Sciences of Wealth and Society*. Chicago: University of Chicago Press, 1998.

Pound, Ezra. *ABC of Reading*. New York: New Directions, 1951.

——. *The Cantos*. New York: New Directions, 1970.

——. *Poems and Translations*. Edited by Richard Sieburth. New York: The Library of America, 2003.

——. *Selected Prose* 1909 – 1965. Ed. William Cookson. London: Faber and Faber, 1973.

——. *Shih-ching: The Classic Anthology Defined by Confucius*. Cambridge: Harvard University Press, 1954.

Prusek, Jaroslav. *Chinese History and Literature: Collection of Studies*. Dordrecht, Holland: D. Reidel Publishing Company, 1970.

Scarry, Elaine. *Body in Pain: The Making and Unmaking of the World*. New York: Oxford University Press, 1987.

Starobinski, Jean. *Words upon Words: The Anagrams of Ferdinand de Saussure*, trans. Olivia Emmet. New Haven: Yale University Press, 1979.

Stewart, Susan. *Crimes of Writing: Problems in the Containment of Representation*. New York: Oxford University Press, 1991.

Strassberg, Richard E. *Inscribed Landscapes: Travel Writing from Imperial China*. Berkeley: University of California Press, 1994.

Terrell, Carroll F. *A Companion to The Cantos of Ezra Pound*. Berkeley: University of California Press, 1993.

Van Dover, J. K. *The Judge Dee Novels of R. H. Van Gulik: The Case of the Chinese Detective and the American Reader*. Jefferson, N. C.: McFarland & Company, 2015.

Van Gulik, Robert Hans. *Celebrated Cases of Judge Dee (Dee Goong An): An Authentic Eighteenth-Century Detective Novel*. New York: Dover Publications, 1976.

——. *The Chinese Bell Murders*. New York: Harper & Row, 1983.

——. *The Chinese Gold Murders*. Chicago: The University of Chicago Press, 1979.

——. *The Chinese Lake Murders*. Chicago: The University of Chicago Press, 1979.

——. *The Chinese Maze Murders*. Chicago: The University of Chicago Press, 1997.

Wasserstrom, Jeffrey. "Sleeping Peacefully in a Doomed House." *Times Literary Supplement* (July 29, 2016): 16.

Williams, Raymond. *Keywords: A Vocabulary of Culture and Society*. New York: Oxford University Press, 1976.

Wittgenstein, Ludwig. *Philosophical Investigations*. Trans. G. E. M. Anscombe. New York: Macmillan, 1953.

Wong, Sau-ling C. "The Politics and Poetics of Folksong Reading: Literary Portrayals of Life under Exclusion." in Sucheng Chan, ed., *Entry Denied: Exclusion and the Chinese Community in America, 1882 - 1943*. Philadelphia: Temple University Press, 1991.

Wood, Frances. *Did Marco Polo Go to China?* Boulder, CO: Westview Press, 1996.

Zeitline, Judith T. "Disappearing Verses: Writing on Walls and Anxieties of Loss." in Judith T. Zeitline and Lydia H. Liu, eds., *Writing and Materiality in China: Essays in Honor of Patrick Henan*. Cambridge: Harvard University Press, 2003, 73 - 132.

中文文献：
佚名:《狄公案》，哈尔滨：北方文艺出版社，2013 年。

高罗佩:《铜钟案》，张凌译，上海：上海译文出版社，2019 年。

高罗佩:《黄金案》，张凌译，上海：上海译文出版社，2019 年。

高罗佩:《湖滨案》，张凌译，上海：上海译文出版社，2019 年。

高罗佩:《迷宫案》，张凌译，上海：上海译文出版社，2019 年。

黄源深译:《简·爱》，1993 年初版。南京：译林出版社，2016 年再版。

黄运特（编译）:《庞德诗选——比萨诗章》，桂林：漓江出版社，1998 年。

黄运特（编译）:《比萨诗章·庞德诗选》，长沙：湖南文艺出版社，2017 年。

黄运特（编译）:《疯子与扫把:迈克·帕尔玛诗选》,香港:牛津大学出版社,2011年。

朗博:《为了一个汉字》,《世界华人周刊》2018年10月23日,https://user.guancha.cn/main/content?d=47489。

李今:《周瘦鹃对〈简·爱〉的言情化改写及其言情观》,《文学评论》第1期,2013年。

李霁野译:《简爱》,1936年初版。西安:陕西人民出版社,1982年重版。

罗宗涛:《唐人题壁诗初探》,《中华文史论丛》第47卷,1991年,第153—183页。

毛泽东:《毛主席诗词三十七首》,北京:文物出版社,1964年。

宋兆霖译:《简·爱》,2005年初版。上海:上海文艺出版社,2007年再版。

伍光建译:《孤女飘零记》,上海:商务印书馆,1935年。

吴钧燮译:《简·爱》,北京:人民文学出版社,1990年,第381页。

邵璐:《拨开文学翻译与传播中的迷雾》,《中国社会科学报》1530期第5版,http://www.shekebao.com.cn/shekebao/n440/n456/u1ai11517.html。

徐扶明:《元代杂剧艺术》,上海:上海古籍出版社,2014年。

周瘦鹃:《心弦》,上海:大东书局,1925年。

祝庆英译:《简·爱》,上海:上海译文出版社,1988年。